目　录

千　鹤

千　鹤

一

走进镰仓圆觉寺，甚至到了院内，菊治还在犹疑，究竟要不要进去参加茶会。时间倒是不早了。

每逢栗本千花子在圆觉寺后院茶室里举办茶会，菊治照例总在邀请之列。可是，自从慈父见背后就一次也没来过。他觉得那邀请不过是看着先父的情面罢了，所以，一直未加理会。

然而，这次请柬上却多一附笔，要他来会见一位小姐，是师从她学茶道的女弟子。

看着请柬，菊治忽然想起千花子身上那块痣来。

那是菊治八九岁时的事。父亲带他去千花子家，看到千花子坐在起坐间，正敞着胸脯，用小剪刀剪痣上的毛。那块痣长在左半个乳房上，直到心口窝那里，差不多有巴掌那样大小。紫黑色的痣上大概长着毛毛，千花子正在拿剪刀剪。

“哟！少爷也一起来了？”

千花子吃了一惊，本想一把合上衣襟，又转念一想，觉得也许慌里慌张地遮掩，更透着尴尬，便将两腿稍稍挪了过去，慢条斯理地把衣襟掖进腰带里。

看来千花子不是因为看到父亲，而是见了菊治才惊慌的。因为是女佣开的门，已经通报过了。她应该知道来的是菊治的父亲。

父亲没有进起坐间，径自到隔壁屋里坐下。那儿是客厅，兼作教授茶道的场所。

父亲打量着挂在壁龛里的字画，漫不经心地说：

“来盏茶吧。”

“嗳。”

嘴上答应着，千花子却没有马上站起身来。

菊治还看见她腿上铺着一张报纸，纸上掉了一些毛，就像男人的胡须似的。

光天化日的，老鼠照旧在天花板上闹腾。靠近廊檐的地方，桃花已经绽开了。

千花子坐在炉边点茶时，依然有些神不守舍的样子。

过了十多天，菊治听见母亲仿佛揭穿什么惊人的秘密事儿，告诉父亲说，千花子因为胸口有块痣才没嫁人。母亲以为父亲还不知情，似乎挺同情千花子，脸上显出怜惜的神情。

“哦，哦。”

父亲故作惊讶地随声附和：

“不过，叫丈夫看见了又怕什么？只要事先说明，肯娶她就行了。”

“我也是这么说。可是，‘我心口上有一大块痣’，这话叫一个女人家哪儿说得出口呀！”

“她又不是什么小姑娘！”

“毕竟难开这个口呀。倒是你们男人家，结婚后给发现了，也许会一笑了之。”

“这么说来，她让你看那块痣了？”

“哪儿的话，瞧你说的。”

“那她只是嘴上这么说说？”

“今儿她来学点茶，随便闲聊……结果忍不住说了出来。”

父亲默不作声。

“结了婚，还不知男人要怎么想呢。”

“恐怕会嫌恶，浑身别扭吧。但也没准儿，把这隐私当成乐趣，感到好玩也难说。有这个短处，焉知没有别的长处？再说，这也不是什么大不了的毛病。”

“我也这么安慰她，说这算不得什么毛病。可她说，要命的是长在乳房上。”

“唔。”

“她说，一想到生孩子要喂奶，心里就挺不自在。即使做丈夫的无所谓，可是为了孩子……”

“难道乳房上长痣就没有奶水么？”

“倒也不是……她是说，喂奶时叫孩子看了，心里会不好过。我倒没想到那儿。可是一旦设身处地去想想，有这种顾虑也难免。孩子一生下来就要吃奶，等睁开眼睛能看东西，不就看到母亲乳房上那块痣么？孩子对世界的最初印象，不就是对母亲的最初印象，不就是乳房上那块难看的痣吗？印象至深，会缠着孩子一生的呀！”

“唔。其实，她何苦担这个心。”

“可不，给孩子喂牛奶，请奶妈，不也可以吗。”

“即使长痣，只要有奶，又有什么不可以的。”

“那可不行。当时听她这么说，我连眼泪都淌出来了。心里想，可不是！就说咱们菊治吧，我可不愿叫他吃那种长了痣的奶。”

“这倒是。”

见父亲这样装聋作哑，菊治心里就有气。菊治都看见千花子那块痣了，父亲竟无视他，所以他不由得要恼恨父亲了。

然而，事隔快二十年了，今天，回顾之下，想必父亲当时也窘得可以，菊治不禁感到好笑。

再有，菊治长到十来岁，还常常想起母亲当时那番话，生怕有个异母的弟弟妹妹会吃到那种长痣的奶。

他不仅怕异母的弟弟妹妹出世，而且还怕吃了那种奶的孩子。菊治总觉得，一大块痣上长毛的奶，孩子吃了就会像恶煞一样可怕。

幸而千花子没有生孩子。往坏里想，或许是父亲不让她生，因为不愿意她生，所以拿母亲流泪以及关于痣和孩子那番话作借口，劝阻了千花子的缘故？总之，父亲生前死后，千花子的确没生过孩子。

菊治同父亲一起看见那块痣后不久，千花子便上门向菊治的母亲吐露这桩隐私。她大概是想先发制人，赶在菊治告诉他母亲之前，自己先说出来。

千花子也一直没结婚，难道真是那块痣决定了她的一生么？

话得说回来，在菊治心里，那块痣的印象也始终未能抹去，又很难说同他的命运没有瓜葛。

当千花子借茶会名义，请他去相亲时，菊治的眼前首先浮起的是那块痣。他蓦地想到，千花子做的媒，难道会是个毫无瑕疵、玉肤冰肌的小姐么？

千花子胸脯上的那块痣，先父的手指难道就没有捏弄过么？谁能担保他没有咬过那块痣呢。菊治甚至这样胡思乱想过。

此刻，寺院的小山上，鸟声婉转，菊治走着，脑际不禁掠过这些邪念。

菊治看见那块痣后的两三年，千花子似乎开始有些男性化，现在则完全变得不男不女了。

千花子此刻大概正在茶会上以爽快麻利的作风招待来客吧。她那长痣的乳房恐怕也已干瘪了。菊治刚想要笑，这时有两位小姐从他身后匆匆赶上来。

菊治站在一旁让路，并问道：

“栗本女士的茶会，是顺这条路走到底吗？”

“是的。”

两位小姐同时答道。

不问自明，从她们的衣着打扮也可推定，是上茶会去的。菊治是为了让自己下决心去茶会才这么问的。

真是美极了，那位拿着绉绸包袱的小姐。桃红的绉绸上，绘着白鹤千只。

二

进茶室之前，两位小姐正在换布袜，这当口，菊治也到了。

从她们身后望去，房间似有八张席子大小，几乎挤得膝盖挨着膝盖。好像尽是些穿红着绿的人。

千花子眼尖，一眼就看见了菊治，惊喜地起身过来说：

“哟，请进，稀客。承蒙光临。就从那儿上来吧，不要紧的。”

说着，用手指着靠近壁龛的纸拉门。

屋里的女客一齐转过头来。菊治脸红起来，说：

“全是女客吗？”

“是的。男宾也来过，不过都回去了。你现在是万绿丛中一点红哩。”

“‘红’我可不敢当。”

“菊治少爷有资格当‘红’，没错儿。”

菊治摆了摆手，表示拟从另一扇门绕进来。

那位小姐正把穿了一路的布袜塞进千鹤包袱里，这时便彬彬有礼地直起身子给菊治让路。

菊治走进隔壁房间。点心盒子、装茶具的箱子，以及客人的物品，放得到处都是。后面水房里，女佣正在洗刷。

千花子走了进来，在菊治面前屈膝坐下。

“怎么样，那位小姐不错吧？”

“是拿千鹤包袱的那位么？”

“包袱？我倒不知道。就是现在站在那边最漂亮的一位。是稻村先生的千金。”

菊治不置可否地点了点头。

“什么包袱的，真怪，你竟注意到这上头去，我可大意不得了。我正纳闷，以为你们一道来的，真没料到，你竟这么殷勤周到。”

“别胡说。”

“路上相遇，也是缘分。再说令尊也认识稻村先生。”

“是吗？”

“她家原先在横滨开生丝行。今天的事，我没告诉她本人，你尽管放心，好生瞧瞧。”

千花子的声音不低，只隔一道纸门，菊治担心茶室里也听得见。正在为难之际，千花子忽然把脸凑了过来：

“不过，有件事倒叫人挺难办的。”

说着，她放低了声音：

“太田夫人来了，她女儿也跟她一起来了。”

她觑着菊治的脸色，接着说：

“我今儿个并没请她……可是，像这种茶会，随便什么过路人都能进来，方才就有两伙美国人顺便进来坐了坐。你别介意，她们听说这儿有茶会，来了我也没法子。不过，你的事，她们当然不会知道。”

“今儿个我本来也……”

菊治原想说自己并没打算来相亲，可是喉咙里似乎哽塞了，没有说出口。

“该难为情的，是太田夫人，你只要装作若无其事就行了。”

听千花子这么说，菊治不禁有些恼火。

栗本千花子跟父亲的关系好像不太深，时间也短。父亲死前，千花子常到家里来走动，是个很得力的女人。不仅在有茶会的日子，即使平时来做客，也总下厨帮忙。

自从她有些男性化之后，母亲觉得若再要嫉妒她，只能令人苦笑，显得滑稽。后来，母亲应该猜到了父亲看到过千花子那块痣。可是那时，事情早已风流云散，千花子像没事人似的，轻松愉快地不离母亲的左右。

菊治也不知从什么时候起，对千花子态度很轻慢，仿佛只有任着性子顶撞她，才能冲淡令他幼时苦闷不已的嫌恶感。

千花子之所以变得男性化，以及成了菊治家的得力帮手，或许都出于她的处世之道。

靠着菊治家，千花子作为茶道师傅已经小有名气。

父亲去世后，菊治每当想起千花子平生只跟父亲相好过一阵，尔后便把自己的女性特质扼杀殆尽，对她便不由得生起一缕淡淡的同情。

母亲之所以不怎么怨恨千花子，一方面也是因为隔着太田夫人，给牵扯住了。

菊治的父亲跟太田是茶友。太田死后，菊治的父亲因负责处理太田那些茶道用具，一来二去，便同他的未亡人亲近起来。

最先给母亲通风报信的，正是千花子。

不用说，千花子是帮母亲的，甚至做得有些过分。父亲到哪里，她也跟到哪里，而且时时去未亡人家里数落一通，仿佛是她自己妒火中烧似的。

母亲生性腼腆，见千花子多管闲事，几乎要闹得满城风雨，怕面子上不好看，简直给吓坏了。

即使当着菊治的面，她也向母亲破口大骂太田夫人。母亲不以为然，她却说，也该让菊治听听。

“上次我去她家，狠狠训了她一通，大概叫她孩子偷听了去，忽然听见隔壁房里有人抽抽搭搭哭起来。”

“是女孩儿么？”

母亲问道，皱起了眉头。

“嗯，听说有十二了。太田夫人这人，大概有点缺心眼。我还以为她会把孩子骂一顿呢，谁知她竟去把孩子抱过来，搂在怀里，坐在我面前，娘儿俩哭给我瞧呢。”

"那孩子也怪可怜的。"

"所以呀，不妨出气出在她孩子身上。因为孩子对她母亲的所作所为是一清二楚的。不过，那孩子倒是长了个圆脸，蛮讨人喜欢的。"

说着，千花子看了看菊治说：

"其实，菊治少爷也可以劝劝老爷嘛。"

"请你别这么搬弄是非。"终于连母亲也忍不住要责备她。

"夫人，您把这些事都窝在心里可不成。狠狠心把它全抖搂出来才好呢。夫人您这么瘦，可人家却又白又胖。尽管缺个心眼，她倒以为，装个老实巴交的样子，哭上一通，就没事儿了……再说，就在她接待老爷的那间客厅里，正经八百地挂着她那死鬼丈夫的照片。哪想到，老爷竟能一声不吭。"

太田夫人先前给千花子说得如此不堪，在菊治父亲死后，居然还带着女儿来参加千花子主持的茶会。

菊治不觉打了个寒噤。

即便如千花子所说，今天确实没请太田夫人，从样子上也可看出，父亲死后，千花子和太田夫人之间，彼此是有来往的，菊治不免感到意外。或许是她让女儿也一起来学茶道的。

"要是你不乐意，我就请太田夫人先回去，好不好？"

说着，千花子看了一下菊治的眼色。

"我倒不在乎。要是她自己想回去，那就请便。"

"她要是有这点机灵劲儿，令尊令堂就不至于那么伤脑筋了。"

“她那位千金也一起来了吗？”

菊治没见过太田寡妇的女儿。

他觉得有太田夫人在场，跟那位拿千鹤包袱的小姐相见不大相宜。而且，更不愿意在这个场合初次见太田小姐。

但是，千花子的声音在耳边絮絮不休，弄得菊治心烦意乱。

“总之，她们都知道我来了，要躲也躲不掉了。”说着便站了起来。

他从靠近壁龛的那边走进茶室，在门首的上座那里坐下。

千花子随后跟了过来，郑重其事地把菊治介绍给大家：

“这位是三谷少爷，三谷先生的公子。”

菊治跟着又施了一礼，一抬头清清楚楚看见了各位小姐。

菊治似乎有点局促，眼前是一片艳妆丽服，起初连一张面孔都没看清。

等到定下神来，菊治才发现，自己正坐在太田夫人的对面。

“啊！”

夫人不觉叫了一声，在座的全听见了，那声音十分直率，十分含情。接着她说：

“好久不见，真是久违啦！”

随后轻轻拉了拉身旁女儿的袖子，示意她赶紧打个招呼。小姐似乎有些窘，涨红了脸，低下头去。

菊治颇感意外。夫人的态度里，看不出有丝毫的敌意与恶感，倒反显得情亲意密。同菊治不期而遇，她仿佛异常兴奋，甚至当着众人的面，都有点忘乎所以。

小姐始终低垂着头。

及至夫人意识到这情形，两颊也不由得飞红起来。她用想挨近菊治似的眼神看着他，仿佛有千言万语要倾吐。她说：

“您还在学茶道吗？”

“不，一直没学。”

“是么？可府上是茶道世家呀。”

夫人似乎有些感伤，眼睛竟湿润起来。

自从父亲的丧礼以后，菊治就没见过太田夫人。

她跟四年前相比，几乎没有怎么变样。

依旧是白皙修长的颈项和不大相称的圆肩膀，身腰显得年轻。同眼睛相比，鼻子和嘴巴看着十分小巧。小小的鼻子，细看之下，模样周正，娇媚可爱。说起话来，下唇常常上翘。

小姐秉承其母的血统，也是修颈圆肩。嘴比母亲的大，抿得紧紧的。跟女儿一比，母亲的嘴巴简直小得有些可笑了。

小姐的一双眸子，比母亲的还要黑亮，带着几分悲哀。

千花子看了看炉里的炭火说：

“稻村小姐，敬三谷少爷一杯好不好？你还没点过茶吧？”

“好的。”

说罢，拿千鹤包袱的小姐便起身走了过去。

菊治知道，稻村小姐就坐在太田夫人的侧面。

但是，既然太田母女在面前，便尽量不去看稻村小姐。

千花子请稻村小姐点茶，大概是有意让菊治看个仔细。

小姐在茶釜跟前，回头问千花子：

“用哪只茶碗呢？”

“哦，对了，就用那只织部瓷的吧。”千花子说，“三谷少爷的父亲就喜欢用这只茶碗，这还是他送我的。”

现在放在小姐面前的那只茶碗，菊治依稀还认得。父亲倒确实用过，可那是从太田的遗孀手里转承来的。

亡夫珍爱的遗物，由菊治的父亲转到千花子手里，今天又出现在这个茶会上，太田夫人看了，会作何感想呢？

菊治很惊讶，千花子竟如此迟钝。

要说迟钝，太田夫人又何尝不迟钝呢。

正在点茶的小姐，跟在情天欲海中颠簸过来的中年女子一比，其清秀娟媚的丰神，真使菊治感到美不可言。

三

千花子想让菊治好好端详拿千鹤包袱的小姐，她这份心思，恐怕小姐本人还不知道。

她落落大方地点茶，亲自端到菊治面前。

菊治饮毕，看了看茶碗。这是只黑色织部瓷茶碗，在正面的白釉上，绘有黑色嫩蕨菜花样。

“还认得吧？”千花子劈面问道。

“唔。”

菊治含糊其辞地应了一声，放下茶碗。

“那蕨菜的嫩芽，最有山村野趣。早春时节使这碗顶合适，令尊当年就用过。这个时节拿出来用，虽然有点过时，可是给菊治少爷用倒正合其人。”

“哪里，在家父手上也只留了很短一段时间。就茶碗本身的历史来说，根本算不上一回事。这只茶碗，还是桃山时代由利休[1]传下来的吧？几百年间，由许多茶道家珍重相传，家父又算得了什么！”

菊治这么说，是想忘怀这只茶碗的种种因缘。

这茶碗由太田传给他夫人，又由他夫人转给菊治的父亲，再从菊治父亲那里转到千花子手中。而今，太田和菊治的父亲这两个男人都已经作古，太田夫人和千花子这两个女人却凑到了一起。因缘际会，这只茶碗的命运也是够稀罕的了。

现在，这只古色古香的花碗，依然被太田夫人、太田小姐、千花子、稻村小姐以及其他闺秀用唇去碰，用手去摸。

“让我也用这只茶碗喝一碗吧。方才用的是另一只碗。”太田夫人不无突兀地说。

菊治不由得感到惊讶。是她过于迟钝呢，抑或是不知羞耻？

太田小姐低着头，目不斜视，菊治觉得她楚楚可怜，简直不忍心看她一眼。

稻村小姐遵嘱又给太田夫人点了一次茶。在座的人都注视着她，想必小姐还不知道这只织部瓷碗的来历，只是照学来的规矩点去。

她的点茶手法朴素，没有瑕疵。从上身到膝盖，姿势正确，气质高雅。

新叶的影子，婆娑在她身后的纸格子门上，辉映在华丽的

---

① 千利休（1522—1591），即千宗易，利休是其号。日本安土桃山时代的茶道家，千家流派茶道之始祖。

和服上，仿佛肩背和衣袖都反射出柔和的光彩，连一头秀发也乌黑发亮。

以茶室而论，这间屋子似乎亮了一点，但小姐经过这样一烘托，更加青春焕发。适合少女用的小红茶巾，非但不俗气，反而给人以娇艳明丽之感。小姐的纤纤素手，恰如一朵盛开的红花。

在她周围，仿佛有千百只白色的小鹤在不停飞舞。

太田夫人把织部茶碗托在手心上说：

“黑碗绿茶，就像春天发绿意似的。”只差没说出，这碗曾是她亡夫之物。

接着，照例是参观茶具。那些年轻小姐不大清楚这些器具的用途，大抵是听千花子的讲解。

水罐和茶勺原先都是菊治父亲的东西，但千花子和菊治谁都没提。

菊治望着小姐们起身回去，在一边坐了下来。这时，太田夫人凑近他身旁。

“方才真对不起，我想，你大概生气了。可是，我一见到你，就觉得分外亲切……”

“唔。”

“你都长得一表人才了。”

夫人的眼里，险些涌出泪水。

“对了，令堂也……本想去吊丧，结果没敢去。”

菊治露出不悦的神情。

“令尊令堂相继过世……想必挺孤单的吧？”

“唔。”

“还不走么？”

“嗯，再等会儿。”

“等几时有空，有些事情想告诉你。”

千花子在隔壁喊道：

“菊治少爷！”

太田夫人不胜依恋地站了起来。小姐早已等在院子里。

小姐随着母亲一起向菊治鞠了一躬，走了。那眼神似乎有所倾诉。

隔壁房里，千花子正同两三个亲近的弟子和女仆在收拾东西。

“太田夫人跟你说了什么？”

“没说什么……没什么。”

“对她可得留三分心。表面上装得挺老实，摆出一副无辜的样子，她心里想什么，你可猜不着。”

“不过，她不是常来参加你的茶会么？从什么时候开始的？”

菊治挖苦地说了一句。

宛如要逃出这毒气妖雾似的，他朝门口走去。

千花子跟在身后说：

“怎么样，那位小姐还不错吧？”

“嗯，挺好。要是在没有你，没有太田夫人，没有父亲阴魂纠缠的地方见到她，我想会更好。”

“何苦那么多心！太田夫人跟稻村小姐根本没什么瓜葛。”

“我只觉得对不起那位小姐。”

“有什么对不起的。假使太田夫人来了，你觉得不高兴，我就给你赔个不是。其实今天并没请她。稻村小姐的事，你就再考虑考虑吧。”

“好吧，今天就此告辞了。”

菊治停下脚步说。如果他边走边说，千花子就会紧追不舍。

只剩菊治一人时，他看见前面山脚下含苞待放的杜鹃花，便深深吸了一口气。

就凭千花子一封信，便把自己给引来了，他对自己感到嫌恶，但是，拿千鹤包袱的小姐给他留下了鲜明清丽的印象。

茶会上看到父亲的两个相好，而不觉得怎么郁闷，或许因为叨了那小姐的光。

然而，一想到那两个女人如今还活着，还能议论父亲，而母亲却已故世，菊治心里不禁愤愤然，眼前同时浮现出千花子胸脯上那块丑陋的痣。

晚风从新绿的树叶间吹来，菊治摘下帽子，慢慢走去。

他远远看见太田夫人站在山门背后。

菊治突然想绕道躲开，便朝四周看了一下。左右两边各有小山，只要登山而行，就可以不经过山门。

可是，菊治仍朝山门走去，似乎板着一副面孔。

太田夫人一见菊治，反而迎了上来，脸上飞红。

“我想再见你一面，所以才在这儿等来着。兴许你会觉得我不顾脸面，可是，要是就那么分别，我有点不甘心……再说，这一分别，又不知几时才能见面。”

“小姐呢？”

“文子已经先回去了，跟她朋友一起。”

“那么，小姐知道你在等我啰？”菊治问。

“是的。”

夫人看着菊治的脸，答道。

“这么说来，她没有不高兴？方才茶会上，她好像不大乐意见到我，真是抱歉。”

菊治这番话，听来很委婉，其实有些露骨，但夫人却坦然说：

“那孩子见到你，心里准会不好过的。”

“大概是家父使她难堪的缘故。”

菊治本想说，就像自己因为她太田夫人的事而深感痛苦一样。

“其实并非如此，你父亲倒一直挺疼文子的。这些事，等几时得便再慢慢告诉你。起初，就是你父亲待她好，她一点不跟你父亲亲近。到战争快结束那阵子，空袭越来越厉害，也不知她怎么想的，完全变了个样儿。对你父亲，她总想出点力尽点心。一个女孩儿家，要说尽点心意，无非是买个鸡啦，弄个小菜什么的。她不顾危险，想方设法去买了来。甚至在空袭的时候，到老远的地方去弄米……她这种突然转变，连你父亲也觉得意外。看到女儿变了一个人似的，我又难过又心疼；而且觉得自己像受了埋怨，心酸得很。”

直到这时，菊治才恍然大悟，原来母亲和自己都受过小姐的恩惠。那时候，父亲偶尔会出人意料带些礼物回家，照此说来，竟是太田小姐采购的。

“我女儿这种突如其来的变化，我也闹不明白，敢情是她想，生死难测，觉得我可怜，才不顾性命，想法儿好好待我跟你父亲。”

当时战事败局已定，小姐眼见自己的母亲忘乎所以，一味沉溺于同菊治父亲的情爱之中。现实生活一天天严酷起来，于是抛开有关亡父的种种过去，来照拂现实中的母亲吧。

“文子手上的戒指，方才你留意到了么？”

“没有。”

“那是你父亲送的。有一天你父亲来时，正好碰上拉警报，便赶着要回家去。文子硬要送他，怎么劝也不听。我怕她一个人回来路上有危险，就嘱咐你父亲，送到家后，要是不便回来，就在府上住一宿也行。可我心里一直惦记，生怕两人都死在路上。文子第二天早晨才回来，一问才知道，她送到府上的大门口便折回来了，半路上在一个防空壕里待了个通宵。下一次你父亲来，便送了那枚戒指，说：‘文子，上次多亏你了。’那孩子怕你看见那戒指，大概是害羞。”

菊治越听越嫌恶。但奇怪的是，心里又觉得她们是值得同情的。

对这位夫人，菊治倒并不有意憎恨或加以提防，她自有本事使人硬不下心来。

文子之所以那么尽心服侍，也许是看母亲可怜，于心不忍的缘故？

菊治觉得，太田夫人尽管是讲女儿过去的事，其实在谈她自己的感情。

她大概想把心里话全倾诉出来，但谈话的对象，说得过分些，她简直分辨不清究竟是菊治的父亲还是菊治了。她跟菊治说话，那劲头就像跟菊治的父亲说话一样，十分亲昵。

先前，菊治跟母亲在一起时，对太田夫人所抱的敌意，虽然还没完全消解，却已大为减淡。一不留神，甚至觉得自己就是这女人所爱的父亲。不知不觉间，有种错觉以为早就同这女人很亲密似的。

菊治知道，父亲很快就和千花子撂开了手，可是同这个女人却至死不渝。他猜想，千花子少不了会欺侮她，于是心里也闪出一个多少带点残忍的念头，禁不住想随便捉弄她一下。

“你常去栗本的茶会？从前她不是老欺侮你吗？”菊治说。

“不错，不过令尊过世后，她来信说，挺想念令尊，觉得很寂寞，所以我才去的。”说完，便低下头去。

“令爱也一起去吗？”

“文子大概是勉强跟我去的。”

穿过铁轨，走过北镰仓车站，他们又朝与圆觉寺相反方向的山那边走去。

四

太田的未亡人，少说也该有四十五六了，差不多比菊治大上二十来岁。可是，菊治浑然忘了她已上了年纪，仿佛拥抱一个比自己还年轻的女人。

夫人凭她的经验，让菊治也领略到了那份快乐。菊治丝毫不觉得自己是个初出茅庐的单身汉，并没有什么畏缩之感。

只觉得自己好像初次认识女人，也懂得了男人。他对自己觉醒而为男人感到惊讶。菊治从来也不知道，女人处于被动，会有这般温柔妩媚，顺从迷人，简直温馨得令人陶醉。

菊治还是单身，在事情过后，常常有种厌恶的感觉，可是就在最该诅咒的此刻，他却觉得心酣意畅。

每逢这种时候，菊治总是冷冷地想一走了事，可这一次，竟然如醉如痴，任其亲热，任其依偎，这好像还是破题儿第一遭。他不知道，女人的热潮会随之上来。在热潮的间歇中，菊治觉得自己俨然是个征服者，不胜慵懒，由着奴隶给洗脚似的那么惬意。

另外，还感受到了一种母爱。菊治缩着脖子说：

“栗本这里有一大块痣，你知道吗？”

他忽然觉得说了句不该说的话，也许是头脑一热，没有管住自己的缘故。但他不认为这话对千花子有什么不妥。

“长在乳房上，就在这里，像这样……”说着，菊治伸出手去。

菊治心里想到这个念头，便说了出来，像在跟自己作对，又像要伤害对方，不免有些难为情。他之所以想看看那块地方，或许正是想借以掩饰那种美滋滋的羞涩之情也难说。

“讨厌，怪恶心的。”

夫人说着轻轻合上衣领。陡然之间，大概还没回过味来，慢条斯理地说：

“这我倒是头一次听说，穿着衣服，里边哪看得见？”

“不会看不见的。”

“哟，那是怎么回事？”

“你瞧，在这儿不就看见了吗？”

“你这人，多讨厌哪。以为我也有痣，才要看，是么？”

“那倒不是。不过，要有的话，在这种时候，你心里怎么想？”

“在这儿吗？”

说着，夫人看了看自己的胸脯，又说：

“你干吗提这个呢？管它！”

夫人无动于衷地说。菊治使坏，看来对夫人没有生效，可是，他自己更起劲了。

“不管可不行。那块痣虽然我八九岁时见过一次，可是至今脑子里还有印象。”

“为什么？”

“因为那块痣的事也连累到你了呀。栗本不是佯装替母亲和我打抱不平，到府上狠狠数落过你吗？”

夫人点了点头，便轻轻抽开身子。菊治却用力又把她拉过来，接着说道：

“我想，她那时准是老惦着自己胸脯上那块痣，心眼才越变越坏。”

“嗳呀，你说得多可怕。"

“也许她存下心，在我父亲身上多少报复了一下。”

“报复什么？”

“为了那块痣，她总觉得低人三分，见弃于我父亲。”

“别再说痣的事了，听了叫人恶心。”

看来太田夫人压根儿不愿去想象那块痣。

“时至今日，栗本大概对那块痣已经不在意了，那种烦恼也已成为过去了。”

“成为过去，难道就会了无痕迹吗？”

“过去了的，有时倒叫人怪想念的。”

夫人似乎有些心神恍惚地说。

只有一件事，菊治本来没打算说，结果还是说了出来。

“方才茶会上，坐在你旁边的那位小姐——”

“哦，是雪子。是稻村家的千金吧。”

“栗本为了让我看看她，才邀我来的。”

“哟！”

夫人睁圆那对大眼睛，死死盯着菊治。

“是相亲吗？我可一点没察觉。”

“不是相亲。”

“原来是这么回事呀，相完了亲回来……”

夫人流出的泪水，一直淌到枕上，肩膀也在颤动。

“多不好，这多不好！为什么不告诉我？”

夫人把脸埋在枕上，哭了起来。

这倒出乎菊治的意外。

“不论是相亲回来也罢，不是也罢，要说不好，确实不好。不过，那同这没关系。”

菊治嘴上这么说，心里也的确这么想。

顿时，稻村小姐点茶的身姿，在菊治的脑海里浮现了出来。仿佛还看见那只桃红色的千鹤包袱。

这样一想，菊治对挨在一旁抽抽噎噎的夫人，连身子都觉得可厌。

"啊，太不好了！我这人真是造孽，要不得呀！"

说完，她浑圆的肩膀又颤动起来。

菊治倘若心生悔意，准是因为觉得这事丑恶。相亲这回事姑且勿论，她毕竟是父亲的女人呀！

然而，直到此刻，菊治既没后悔，也不觉得丑恶。

菊治也莫名其妙，怎么会跟夫人做出这种事来。一切都来得那么自然。照夫人刚才的话来看，也许她后悔不该引诱菊治。可是，恐怕她压根儿就没想到要诱惑他，菊治自己也不觉得是受了蛊惑。再从情绪上说，菊治没有丝毫的抵触，夫人也一点没有拒绝。简直可说，道德观念根本就没发生作用。

两人走进圆觉寺对面山上的一家旅馆，一起吃了晚饭。因为关于菊治父亲的事还没有说完。菊治并不是非听不可，一本正经听她宣科，本来也挺滑稽。但是，太田夫人似乎没想到这一层，只是不胜眷恋地一味说下去。菊治听着，安闲恬适，感受着她的一番好意，沉浸在柔情蜜意之中。

菊治仿佛领略到父亲曾经尝过的那种幸福。

要说不该，委实也不该。既然错过摆脱夫人的机会，又何妨在心甜意洽之际，同结体肤之谊？

然而，他心头像蒙了一层阴翳，正是为了一吐那股郁闷之气，菊治才说出千花子和稻村小姐的事也未可知。

想不到他的话效力如此之大，要是后悔起来，反显得自己丑恶不堪，而且还存心说些伤害夫人的话，菊治不由得对自己越发嫌恶起来。

“就忘掉这回事吧。这没什么。”夫人说，“这种事，算不了什么。”

“你是因为想起我父亲的缘故吧？”

“啊？”

夫人一惊，仰起脸来，方才伏在枕上哭得眼皮都红了，眼白也有些红。菊治看出她那睁大的眸子里，还残留着一丝女人的倦怠。

“你要这么说，我也没法儿。我是个可怜的女人，是不？”

“胡说。”

说着，菊治一把拉开她的衣襟。

“要是这里有颗痣，就忘不了，印象更深了……”

菊治对自己的话感到吃惊。

“别这样。别这么个瞧法，我已经不年轻了。”

菊治露出牙来，凑了过去。

夫人方才那种热潮又来了。

菊治安然入睡了。

睡意蒙眬之中，听见小鸟啁啾。在鸟声婉转中醒来，菊治觉得似乎还是第一次。

宛如晨雾润泽绿树一般，菊治的脑筋仿佛也给洗涤过了似的，无思无虑。

夫人背对菊治而眠，不知什么时候又翻过身来。菊治笑意盈盈，支起一只胳膊，在微明中凝视着夫人的面庞。

五

茶会之后半个来月，太田小姐登门来访。

菊治把她让进客厅，为了镇定一下自己的慌乱情绪，便亲自去开茶柜，取些西点放在盘里。他心里猜不出，小姐是一个人来的，抑或夫人因为不好意思进来，还在门口等着？

菊治刚打开客厅的门，小姐便从椅上站了起来。只见她低着头，下唇紧紧抿着，稍稍噘起。

“让你久等了。”

菊治从小姐身后走过去，打开朝院子的玻璃门。

经过她身后时，隐隐闻到花瓶里白牡丹的香味。小姐的肩膀丰腴圆润，稍向前挺。

“请坐。”

说着，菊治自己便先坐到椅上，镇静得出奇。因为他在小姐身上看到了她母亲的面影。

“突然跑来打扰，真对不起。”小姐依然低着头说。

“哪里哪里。难为你能找到这里。”

“哎。”

菊治想了起来，空袭的时候，小姐曾陪伴他父亲，送到门口。在圆觉寺那天，夫人告诉过他。

菊治想提这事，却又忍住了，只是望着小姐。

于是，太田夫人温馨可人之处，如同滚水一般，又在心里翻腾上来。菊治记起夫人对什么都那么柔顺宽和，便也安然起来。

因为这种安然之感，所以才对小姐好像放松了戒心。不过他没法正脸看她。

“我……”

小姐顿住了话头，仰起脸来。

“我是为母亲的事，来求您的。”

菊治屏了一口气。

“希望您能原谅我母亲。”

“什么？原谅？”

菊治反问了一句，想必连他的事，夫人也吐露给女儿了。

“要说请求原谅，恐怕应该是我。”

“令尊的事，也得请您原谅。”

“即使是家父的事，如果请求原谅的话，不也应该是家父吗？家母现在也已经过世了，要原谅，谁来原谅呢？”

“令尊过世早，我想也是因为我母亲的缘故。还有，令堂也是……这些话，我全同母亲说过。”

“那你真是太过虑了。你母亲也很可怜。”

“要是我母亲先死就好了。”

看上去小姐简直羞愧得无地自容的样子。

菊治察觉小姐在暗指夫人同自己的事。这件事不知让小姐有多羞耻和伤心呢。

“请您原谅我母亲吧。”

小姐仍一味恳求。

“原谅也罢，不原谅也罢，总之，我是很感激你母亲的。”

菊治说得斩钉截铁。

“是母亲不好。她这人太糟糕了，您就别管她，别再理她了。”

小姐急口说着，声音都有点发颤。

“我求您了。”

小姐说的原谅，言下之意，菊治当然明白。其中也含有不要再理睬她母亲的意思。

“请您也不要再打电话来……”

小姐说着，脸上飞起一片红晕。似乎为了压下羞恶之心，反而抬起头来，看着菊治，眼里噙着泪水。一双睁大的黑眸子，没有丝毫恶意，像在拼命哀求。

“我全明白了。真对不起。”菊治说。

“拜托您了。"

小姐越发羞红了脸，连白皙修长的颈项也都泛起红色。也许为了把修长的颈项衬托得格外美，西装领上还镶了一道白边。

“您打电话来约我母亲，她没有践约，是我给拦住了。她非要去不可，我死死抱住没放她去。”

小姐稍微透了口气，声音又转和缓。

菊治打电话去约太田夫人，是那次之后的第三天。夫人的声音透着高兴，可是，却没有到约定的咖啡馆来。

菊治只打过那么一次电话，后来也一直没见过面。

“过后，虽然觉得母亲可怜，当时却只觉得可耻，拼命拦她。于是母亲说：‘文子，那你就给我回掉吧。’我走到电话机前，怎么也说不出话来。母亲呆呆地看着电话机，扑簌簌直掉泪，以为您好像就在电话机那儿呢。母亲就是那种人。”

两人默然有顷，然后菊治说：

“那天茶会之后，你母亲等我的时候，你为什么先自回去呢？”

“我想让您知道，母亲她并不是那种坏人。”

“她一点也不坏啊。”

小姐低垂目光。小鼻子形状周正，下唇显得有些噘起，优美的圆脸，长得很像她母亲。

“我早就听说，你母亲有你这位女儿，我曾经想过跟你谈谈家父的事。”

小姐点了点头。

“有时我也有那种想法。”

菊治心下想，要是跟太田夫人之间什么事也没有，能同这位小姐不拘形迹地谈谈父亲的事该多好。

但是，菊治打心眼里原谅了太田的未亡人，原谅了父亲跟她的事。之所以这么宽容，因为他同这位未亡人之间，不是什么关系也没有。这岂非怪事？

小姐大概发觉坐久了，赶忙站了起来。

菊治送她出去。

“几时有机会，能同你谈谈家父的事，再谈谈你母亲的好品性，那该多好。”

菊治虽然是信口说来，但另一方面也真是这么认为。

“可不。不过，不久就要结婚了吧？”

“我吗？”

“嗯，听我母亲这么说来着，她说您已经跟稻村雪子小姐相过亲了……”

“没有的事。”

一出大门，便是下坡。半山坡峰回路转，蜿蜒曲折。回首望去，只看得见菊治家院子里的树梢。

听了小姐的话，菊治眼前蓦地浮现出千鹤小姐的身影。这时，文子正停步向菊治告别。

菊治和小姐相反，向坡上走去。

林中落日

一

菊治在公司里还没下班，千花子便给他来了电话。

“今儿个你直接回家吗？”

本来要回家的，可是菊治神情不悦地说：

“没一定哪。”

“为了你父亲，今儿就回家吧。你父亲往年在今儿都要举办茶会，可不是？一想起来，我就待不住了。”

菊治默不作声。

“你家茶室，喂喂，我在打扫你家茶室的时候，忽然想做几个菜。”

“你在什么地方？”

“府上，我已经到了府上了。对不起，事先没跟你打个招呼。”

这倒真是出乎菊治的意料。

“一想到今儿这日子，我就怎么也待不住了。我想，要是能让我打扫一下茶室，没准儿心里能轻松些。当然事先该打个电话才好，可我准知道你不会答应。”

自从父亲死后，茶室就没用了。

母亲在世的时候，好像还常常进去，独自坐在里边。不过，不生炉子，只是提一壶开水进去。菊治不愿意母亲进茶室，不放心她冷冷清清地坐在里面，不知想些什么。

菊治虽然很想看看母亲孤单一人待在茶室里的样子，可终究没进去看过。

然而，在父亲生前，进茶室帮忙的是千花子。母亲那时难得去茶室。

母亲死后，茶室便一直关着。只有父亲在世时就来帮工的一个老女佣，一年里给打开几次，通通风罢了。

“有多久没扫了？这席子不管怎么擦，都有股霉味，真没治了。”

千花子越说越肆无忌惮。

“我扫着扫着，就想起要做几个菜来。一时心血来潮，材料也不全，不过也稍稍打点了几样。所以，想请你下了班，马上回家。”

“哦，你这人真是。”

“光你一个人，可能太冷清了，公司里的同事，请上三四位来，你看好不好？”

“恐怕不行，没人懂茶道。”

“不懂倒更好，因为准备得挺马虎，就随便请几位来吧。”

“那不行。”

菊治直截了当地回绝。

“不行？真扫兴。那怎么办呢？请谁来好呢？你父亲的茶友——怎么好请呢。要不，就叫稻村小姐来，好吗？”

“别开玩笑了，算了吧。”

“怎么啦？不挺好吗？那件事，他们那边倒挺有意思，你再仔仔细细打量一回，跟她好好聊聊不好吗？今天约她一下试试看，她倘若来，那就是小姐那边成了。”

“讨厌，这种事。”

菊治心里难过起来，说道：

“算了吧，我不回家。”

“什么？好吧，这事电话里不便谈，回头再说吧。反正，就这件事，请你早点回来。”

“什么这件事，我不管。”

“得了得了，算我多管闲事。”

说着，耳机里便传来千花子那股凌人的盛气。

菊治不由想起千花子半边乳房上的那块大痣。

他仿佛听见千花子打扫茶室的扫帚声，就像扫帚扫过自己的脑海一样，又像擦走廊的抹布在揩自己的脑壳。

尽管菊治对她早就感到嫌恶，可是，她竟然趁菊治不在家跑进屋里，擅自做起菜来，也真是件怪事。

要说是为了祭奠父亲，打扫一下茶室，甚至插几枝花就回去，倒也情有可原。

然而，就在菊治心头火起，泛起一股嫌恶感时，稻村小姐的倩影好似一道霞光，闪烁发亮。

父亲死后，他同千花子自然而然就疏远起来，可是她现在难道是想拿稻村小姐做幌子，与菊治重新修好，攀缠不成？

千花子的电话，照例有些滑稽，叫人哭笑不得，失去戒心，同时又咄咄逼人，强人所难。

菊治自忖，之所以觉得她语带强制，是因为自己授人以柄。既然自己有弱点，感到心虚，对千花子擅自打来电话也就不能发火。

难道千花子是因为抓住了菊治的弱点，才这么得寸进尺的么？

菊治一下班，便从公司到银座去，走进一家小酒吧。

他不得不乖乖按照千花子的吩咐回家，因此对自己的弱点感到格外苦闷。

从圆觉寺的茶会出来，没想到竟同太田夫人在镰仓的旅馆里投宿一宵，这事千花子不见得会知道。从那之后，她见过太田夫人吗？

从电话里那种咄咄逼人的腔调来看，菊治疑心未必就是千花子厚脸皮的缘故。

但也说不定千花子以她惯常的作风，在撮合菊治跟稻村小姐的婚事。

菊治在酒吧里，依然心神不定，便乘上电车回家。

国营电车经过有乐町，朝东京站驶去，菊治俯视窗外，望着两旁树木高耸的大街。

那条大街几乎同电车线构成直角，贯穿东西，恰好映射出夕阳的余晖，明晃晃的如同金属板一样。夹道的树木，尽管沐浴着残阳，从背面看去，那绿色却显得深沉幽暗，阴凉清爽，枝条舒展，阔叶繁茂。路两旁是一幢幢坚实的洋房。

可是，大街上行人出奇地少。一直到皇宫的护城河那里，都冷冷清清的。明亮晃眼的车道也是静悄悄的。

电车里拥挤不堪，向下望去，似乎只有那条街才沉浮于黄昏这一妙景之中，感到有种异国情调。

菊治依稀看见稻村小姐拿着桃红绉绸上饰有白鹤千只的包袱正走在林阴道上。那千鹤包袱看得格外分明。

菊治觉得心情为之一振。

又一想，小姐此刻也许快到他家了，不由得心慌意乱起来。

这且不说，千花子在电话里要菊治约请几位同事，菊治不肯，便说叫稻村小姐来，她究竟打的是什么主意呢？难道一开头她就存心要叫小姐来的么？菊治简直弄不明白。

一到家，千花子就赶紧到门口来迎接，说道：

“一个人吗？”

菊治点点头。

“一个人倒正好。她来啦。”

说着，千花子走到跟前来接菊治的帽子和皮包。

“你回来的路上，去过哪儿了吧？”

菊治以为脸上还带着酒气。

“你去哪儿啦？后来我又打电话到公司，说你已经走了，方才还在算你回来的时间哪。”

“真没想到。”

千花子随便跑到他家里，为所欲为，连提都不提一声。

她一直跟进起居室，打算把女佣放在那里的和服帮他穿上。

“不必麻烦。对不起，我要换衣服了。”

菊治脱掉上衣，甩开千花子，走进藏衣室。

在藏衣室里换好衣服才出来。

千花子一直坐在那儿没动。

“单身汉一人过活，我算服了。”

“这没什么。”

“这种光棍儿生活，趁早结束吧。”

“看我父亲的样子，就够了。”

千花子瞅了菊治一眼。

她从女佣那里借了一件罩衣穿在身上。那原是菊治母亲的，她把袖子卷了起来。

手腕往上一段，又白又胖，但不太匀称，肘弯那里青筋突起，肉好似又硬又厚，菊治感到很意外。

“依我看，还是茶室那儿好。不过，现在已把小姐带进客厅里了。”

千花子一本正经地说。

“哦，茶室里要点上灯吧？我还没见过里面点灯呢。”

“要不然就点蜡烛，倒更有意趣。”

“我不喜欢那套。”

千花子突然想起来似的说：

“对了，方才我打电话给稻村小姐，她便问，跟家母一起来吗？我说，能一起来更好。可是，她母亲有别的事，分不开身，结果只有小姐一个人来了。”

“她来，还不是听你的。把人呼来唤去，人家不会觉得太没礼貌吗？”

“这我懂。可是小姐人已经来了。既然来了，礼貌不礼貌也不成问题了。”

“那为什么？”

“可不是么，今儿个既然肯来，就表明人家小姐对这门亲事还是有意思的。就算我这事办得有点离谱也不碍事。等到亲事谈成，你们两人尽管笑我栗本做事离谱好了。凭我的经验，成得了的事，不管怎么着，总归能成。”

千花子说话之间，那种自以为是的样子，仿佛看透了菊治的心思。

“你已经跟人家讲过了？”

“嗯，讲过了。”

千花子言下之意：态度明确点儿。

菊治起身到廊子上，朝客厅走去。走到那株大石榴树旁，想尽力换一副神色。总不能让稻村小姐看这张不高兴的脸。

他朝石榴树幽暗的树阴看去，脑海里便又浮现出千花子的那块痣来。菊治摇了摇头。客厅前面的院子里，点景石上还留着一道落日的余晖。

客厅的纸格子门开着，小姐坐在靠门口的地方。

小姐明艳照人，仿佛宽敞幽暗的客厅也赫然一亮。

壁龛里的水盘，插着菖蒲。

小姐系的，也是一条绘有石菖蒲的腰带。大概是巧合吧，不过，为顺应季节，常有这种情形，也许不是偶然。

壁龛里的花，不是石菖蒲，而是菖蒲，所以，花和叶都插得高高的。一看那花便可知道，是千花子刚插好的。

二

第二天是星期日，下了一天雨。

下午，菊治一个人走进茶室，去归整昨天用过的茶具。

也为的是追寻稻村小姐的余香。

他让女佣送伞过来，刚要从客厅走下院子的石步，屋檐上的落水管坏了，水哗哗地流在石榴树前。

“那儿非修不可了。”

菊治对女佣说。

“可不是么。”

菊治想起，老早以来，每逢雨夜，躺在床上听到那水声，就记挂着这件事。

“不过，一修起来，这里那里就修个没完。我看趁坏得还不大厉害，干脆卖掉得了。”

“有大宅子的人家，现在都这么说。昨天稻村小姐来，也挺惊讶的，说这房子真大。小姐大概要上咱们这儿来吧？”

女佣似乎想劝他不要卖掉。

“是栗本师傅这么说的吗？”

“是的。小姐一来，师傅就带她到屋里各处看了看。”

“唉，这人真是的。”

昨天，小姐没向菊治提到这事。

菊治以为，小姐只是从客厅走到茶室而已。所以，今天自己也不由得想打客厅到茶室走走。

菊治昨夜一夜没有合眼。

他觉得小姐的芳泽余香还会在茶室里荡漾，甚至半夜三更里还想起身，到茶室去看看。

“她永远是可望不可即的彼岸之人！”

对稻村小姐，他认定如此，所以尽量想法入睡。

这位小姐竟由千花子领着，在家里各处看了一遍，实在出乎菊治的意料。

菊治吩咐女佣把炭火送到茶室里来，然后踩着石步走了过去。

昨晚，千花子要回北镰仓，便和稻村小姐一起走了。收拾碗盏什么的，留给了女佣。

茶具摆在茶室的一角，只要归整起来就行了，可是菊治不知原来搁在什么地方。

“栗本倒比我还清楚。”

菊治自言自语的，打量着挂在壁龛里歌仙的绘像。

那是画家宗达的一张小品，淡墨线描，轻轻着彩。

“这画的是谁呀？”

昨天稻村小姐这样问过，菊治一时竟答不上来。

“哦，是谁呢？没有题款，我也不知道。这类画上的和歌诗人，模样都差不多。”

“是宗于[①]吧？”

千花子插嘴说：

“和歌写的是：常磐松树绿，春来分外青。按节令来说，稍微晚了点儿，可是你父亲挺喜欢，春天常常挂出来。”

“究竟是宗于还是贯之[②]，光凭画面，是不易分辨出来的。”

菊治又这样说了一句。

即使今天再细看，那张方脸膛，仍然分辨不出是谁。

然而，一幅小画寥寥几笔，倒画出了高大的形象。这样端详之下，似乎隐约闻到一股清香。

不论是这幅歌仙的画像，抑或是昨日客厅里插的菖蒲，都能勾起菊治对稻村小姐的回忆。

“因为等水开，所以送晚了。我想让水多滚一会儿再拿来。”

说着，女佣把炭火和茶釜搬了过来。

因为茶室潮湿，菊治才要火的，并没打算要茶釜。

---

① 源宗于（？—940），平安前期的诗人，三十六歌仙之一。

② 纪贯之（872—945），平安时代初期诗人，三十六歌仙之一。著有《土佐日记》等。

女佣大概是听菊治说要火，便很机灵地连开水也给预备好了。

菊治随便加了几块炭，放上茶釜。

他从小就跟着父亲出去参加茶会，对茶道这套规矩自然很熟。可是点茶之类，他自己还没这个雅兴，父亲也不勉强他非学不可。

现在，水已经开了，他只是把茶釜盖稍微错开一点，坐在那里只管出神。

屋里还有股霉味儿，席子也挺潮。

素雅的墙壁，昨天把稻村小姐的身姿衬映得越发娇艳妩媚，可是今天却显得暗淡无光。

菊治感觉就像住在洋房里穿起和服一样，记得昨天他对小姐说：

“栗本突然请你来，一定感到很为难吧？点茶什么的，也是她自作主张。”

“我听师傅说，令尊生前年年在今天举办茶会。”

“是有此一说。不过，我早忘了，连想都没想起。”

“在这样的日子，师傅把我这个生手叫来，不是叫人难堪么！再说，这一向我又偷懒很少去学。”

“栗本也是今早才想起来，现来打扫的。你看，还有股霉味儿。”

菊治接着嗫嚅着说：

“不过，一样的相识，倘若不是栗本介绍，就更好了。我真觉得对不起小姐。”

小姐感到迷惑不解，望着菊治。

“为什么？要是没师傅，不就没人给我们介绍了吗？”

固然是随口反驳一句，但也是实情。

的确，倘若没有千花子，两人恐怕今生今世也不会相见。

菊治好像眼前一闪，迎面挨了一鞭似的。

并且，听小姐的口气，这头亲事似已应允，至少菊治是这么认为的。

小姐那迷惑不解的眼神，菊治之所以觉得像道闪光，也是因为这个道理。

然而，菊治直呼千花子为栗本，小姐听了，会作何感想呢？尽管为时很短，千花子毕竟曾是父亲的情妇。这点，小姐是否知情呢？

“在我的印象中，栗本有些令人厌恶的地方。”

菊治的声音几乎有点发颤。

“有关我命运的事，我不愿意她沾边。我简直不能相信，你会是由她给介绍的。”

这时，千花子把自己的食案也端了进来。谈话便中断了。

“让我也来陪陪你们。”

说着便坐下来，仿佛刚干完活，要平一平气喘似的，稍微弯着背，察看小姐的脸色。

“只有一位客人，似乎冷清了点儿，不过，你父亲准会高兴。”

小姐垂下眼帘，肃然说：

“这是令尊的茶室，我真是不配来。”

千花子听了也不在意，想起什么便说什么，把菊治父亲生前使用这间茶室的情况说个不停。

她好像断定这桩婚事已经谈成了。

临走时，千花子在门口说：

“菊治少爷改天去稻村小姐府上回访一次，好不好？那时就该把日子订下来了。”

小姐听了点了点头，似要说什么，却没有说出口。本能使然，小姐浑身忽然显出一股娇羞之态。

菊治似乎都感觉到了她的体温，大出意料。

可是，菊治总觉得笼在一层黑暗而丑恶的帷幕之中。

直到今天这层帷幕也揭不掉。

不仅给他介绍稻村小姐的千花子不够洁净，就是他菊治本人也不洁净。

他常常陷于胡思乱想之中，父亲用不洁净的牙齿，去咬千花子胸脯上那块痣，父亲的影子跟自己重叠了起来。

即使小姐对千花子毫无芥蒂，菊治却不能释然。他为人怯懦，优柔寡断，虽然不全是源于此，但至少也是原因之一。

菊治一方面摆出嫌恶千花子的神气，同时还装作这桩婚事完全是千花子强加于他的样子。千花子就是这样一个别人可以随便利用的女人。

他疑心小姐已经看穿这套把戏，所以觉得好似当头挨了一鞭。这时他才认清自己的为人，不禁感到愕然。

吃完饭，千花子去准备点茶的工夫，菊治又接着说：

“假使栗本就是操纵我们两人的命运之神，那么，对这命运的看法，小姐同我便有很大的差别。”

话里带些辩解的意味。

父亲死后，菊治就不愿让母亲一个人走进茶室。

不论父亲、母亲，还是自己，单独一人在茶室里的时候，谁都是各想各的心事，直到现在，菊治仍这么认为。

雨点淅淅沥沥打在树叶上。

其中，夹杂着打在伞上的声音，并且越来越近。女佣站在纸格子门外说：

“太田女士来了。”

“太田女士？是小姐吗？”

“是夫人，好像病了似的，人挺憔悴……”

菊治蓦地站了起来，却又不再动弹。

“请夫人到哪屋？”

“这里好了。”

“是。”

太田未亡人伞都没打就来了。也许是放在门口了？

菊治以为满脸的雨水，原来是眼泪。

因为从眼角不停地流到脸颊上，这才看出是泪水。

菊治太疏忽了，开头竟以为是雨水。

“啊！怎么了？”

菊治叫了一声奔过去。

夫人两手扶着窄廊，坐了上去。

身体瘫软，好像要朝菊治倒过来似的。

门槛附近的窄廊上，也给滴滴答答的打湿了。

夫人眼泪依旧潸潸不止，菊治竟又当成是雨点了。

夫人的眼睛始终盯着菊治，仿佛这样才能支撑着不倒下去。菊治也觉得，倘如躲开这视线，说不定会发生什么意外。

夫人眼窝凹陷，眼圈发黑，眼角边起了鱼尾纹，成了双眼皮，带着点病态。奇怪的是那眼神如怨如诉，泪光点点，真有说不尽的温柔。

“对不起，我实在忍不住想来看看你。”

夫人的语气很亲切。

她整个体态都显得温柔可人。

倘如没有这份柔情，她那憔悴困顿的妇人样子，菊治不会去正眼瞧一眼的。

看到夫人痛苦之状，菊治简直心如刀割。他明知这痛苦是因他而起，可是，他竟有种错觉，好像自己的痛苦，因夫人的温柔模样而减轻了不少。

“要淋湿的，快上来吧。”

菊治猛地从背后搂住夫人的胸口，几乎把她拖了上来，那动作差不多有些粗暴。

夫人想站稳脚，说：

“请放手，放开我。我很轻吧？”

“是啊。”

“轻多了。这些日子我瘦了。”

菊治突然把夫人抱了上来，对这个举动他自己也有些吃惊。

“小姐不会担心吗？”

“文子？”

听夫人这么一叫，还以为文子也跟来了。

“小姐也一起来了吗？”

“哪里，我是瞒着她来的……”

夫人抽泣着说。

“那孩子盯着我不放，哪怕是深更半夜，只要我一有动静，她马上就惊醒。为了我，那孩子也变得有点异乎寻常了。她甚至怪我：‘妈妈为什么只生我一个？哪怕是三谷先生的孩子也好哇！’”

说话的工夫，夫人坐正了身子。

从夫人的话里，菊治咂摸出小姐的悲哀。

是文子看着母亲忧伤，感到于心不忍，而深自悲哀吧？

尽管如此，文子说的“哪怕是三谷先生的孩子也好哇！”这句话，菊治听了，不免有些刺心。

夫人还在目不转睛地盯着菊治。

"没准儿今儿还会追到这儿来。趁她没在家，我溜了出来……她大概以为下雨天，我不会出来。"

"下雨天，怎么了？"

"以为我身体弱得下雨天出不了门吧。"

菊治只是点点头。

"那天，文子上这儿来过吧？"

"来过。她说，原谅我母亲吧。弄得我简直没法回答。"

"那孩子的心思我全知道，为什么我偏偏还要来呢？哦，天哪！"

"不过，我很感激你。"

"这真求之不得了。能这样，我也该称心了……可事后我还懊恼，真对不起。"

"按说，也没什么可缠住你的。要有，难道是我父亲的阴魂不成？"

然而，听了菊治的话，夫人不为所动，并未改容。菊治仿佛扑了个空。

"把这些都忘了吧。"

接着，夫人又说：

"可是，不知为什么接到栗本师傅的电话，我会这么沉不住气，真是难为情。"

"栗本给你打电话了？"

"嗯，今儿早晨。她说你跟稻村家雪子小姐的亲事已经定了……这件事，她干吗要告诉我呢？"

太田夫人的眼睛又湿润了，可是，忽又一笑。倒不是又哭又笑，实在是天真的微笑。

"还没有说定呢。"

菊治否认说。

"我的事，你是不是让栗本看出什么来了？那次之后，你跟她见过面没有？"

"没见过。不过，她那个人挺厉害，没准儿知道了也难说。今儿早晨电话里，她准会觉得奇怪。也怪自己没用，当时差点儿没倒下去，也不知嚷了些什么。电话里她准听出来了，结果被她说了一句：夫人，请你不要再从中作梗，行不行？"

菊治皱起眉头，一时说不出话来。

"说我从中作梗，这可真是……你和雪子小姐的婚事，我只觉得自己不好。从早晨起，我就挺怕她的，战战兢兢，在家里简直待不下去。"

说着，夫人就像有什么东西附了体似的，肩膀抖个不停，嘴角咧向一边，吊了上去。显出上了年纪的那种丑态。

菊治起身走过去，伸手去按夫人的肩膀。

夫人抓住他的手说：

"我害怕，怕得很呀！"

说着，神色悚然地向四周打量了一回。忽然，疲惫无力地说：

“是府上的茶室么？”

这句问话是什么意思？菊治有些不解，便含糊其辞地应道：

“是的。”

“这茶室相当好呢。”

难道她想起了常常来赴约的亡夫，抑或是做东道主的菊治父亲？

“是头一次来吗？”

菊治问。

“嗯。”

“你看什么呢？”

“没有，没看什么。”

“那是宗达画的歌仙绘像。”

夫人的头点了一点，顺势垂了下去。

“以前没来过我家吗？”

“嗯，压根儿没来过。”

“是吗？”

“噢，来过一次，向你父亲辞灵那回……”

说完，夫人就没再做声。

“水开了，来一杯，怎么样？可以解解乏。我也想喝。”

“好，可以吗？”

夫人刚站起来，便一个踉跄。

菊治从墙角的箱子里拿出茶碗什么的。忽然想到这些茶具稻村小姐昨天刚用过，不过，他还是拿了出来。

夫人想取下茶釜上的盖子，手哆哆嗦嗦的，盖子碰到茶釜上，磕响了一声。

她拿着茶勺，胸朝前倾，眼泪滴湿了茶釜边。

“这只茶釜，还是我请你父亲买下来的。”

“是吗？我一点不知道。”

菊治说。

尽管夫人说这本是她亡夫的茶釜，菊治也无反感。对夫人这种直率并不觉得有什么冒昧。

夫人点完茶说：

“我端不动。劳驾你过来一下好吗？”

菊治走到茶釜旁边，就在那里喝了起来。

夫人好似昏了过去，倒在菊治的腿上。

菊治抱住夫人的肩膀，夫人轻轻动弹了一下，呼吸越来越弱。

菊治的胳膊里，仿佛抱着一个婴儿，夫人的身子软软的。

三

“夫人！”

菊治使劲摇着夫人说。

菊治双手按着她脖根连着胸骨的地方，看上去就像掐着她的脖子似的。显然，她的胸骨比上一次更加凸出了。

“夫人，我父亲和我，你分得清吗？”

“你好忍心啊。我不干。”

夫人闭着眼睛，娇嗔地说。

她仿佛还沉浸在另一个天地里，不想立刻回到现实中来。

方才，与其说菊治在追问夫人，不如说在探索自己那颗不安的心。

菊治乖乖地给诱进了另一个天地里。只能把那看成是另一个天地。在那里，他究竟是父亲还是菊治，似乎没什么区别。即或有什么不安，也等日后再说。

夫人简直不像是尘俗的女子，甚至令人以为是史前的或是人类最后的女子。

她一旦堕进那另一个天地便使人疑心，她对亡夫，对菊治父亲，以及对菊治，是不是已经不复辨认了？

“你想起我父亲的时候，是不是把他跟我当成了一个人？”

“原谅我。啊，太可怕了。我这人真是造孽呀！”

夫人的眼角淌下两行清泪。

“啊，真想死，我真想死啊！这会儿要能死掉该多好。方才你不是要掐我的脖子么？为什么不掐了呢？”

“别胡说了。不过，你这么一说，我倒想掐一下试试。”

“真的？那太谢谢你了。”

说着，夫人便伸长了脖子。

“人瘦脖子细，掐起来容易。”

“你舍得留下小姐去死吗？”

“没什么。反正这样下去，迟早会累死的。文子我就托付给你了。”

“你是说小姐也像你一样……”

夫人忽地睁开眼睛。

菊治也给自己的话吓了一跳，简直没想到会说出这话来。

夫人听了有何想法呢？

“你瞧，脉搏这么乱……我活不长了。”

说完，夫人拿起菊治的手，按在乳房下。

也许方才菊治那句话让她吃了一惊，心才这样跳的。

“菊治，你多大了？”

菊治没有回答。

“还不到三十吧？我这人真该死，实在可悲。我自己也莫名其妙。”

夫人撑起一条胳膊，半身斜坐，蜷着两条腿。

菊治坐了起来。

“我来，可不是为败坏你跟雪子小姐的婚事的。总之，一切都完了。”

“婚事还没定下来呢。不过，经你这么一说，我的过去也算一笔勾销了。”

“真的？”

“给我做媒的那个栗本，也是父亲的女人。那婆娘就爱提从前那些旧恨宿怨，出出心头的恶气。你是我父亲最后一个相好，我想父亲跟你在一起准是很快活。”

“你还是同雪子小姐早些结婚的好。”

“这要看我高兴。”

夫人失神地望着菊治，脸上没了血色，扶着前额说：

“天旋地转的，头晕得很。”

夫人一定要回去，菊治只好叫一辆汽车，自己也跟着坐了进去。

她闭着眼睛，倚在汽车角落里。看她伤心无主的神情，像有性命之忧。

菊治没有进夫人的家。下车时，她从菊治手中抽出冰凉的手指，一溜烟便消失了。

当天夜里两点钟左右，文子打来电话。

“是三谷少爷么？家母方才……”

说到这里顿了一下，接着清清楚楚地说：

“过世了。”

“什么？令堂怎么啦？”

“死啦。心脏麻痹。最近她一直吃许多安眠药。”

菊治无言以对。

“所以，我想求您一件事。”

“唔。”

“要是您有熟悉的大夫，能不能请您陪他来一趟？”

“大夫？请大夫吗？很急吧？”

菊治很惊讶，怎么还没请到大夫，猛地恍然明白了。

夫人准是自杀了。文子为了掩饰其事，才向菊治求救的。

“我明白了。”

“那就拜托了。”

文子一定考虑再三，才打电话给菊治的。所以，说话才这样审慎郑重，只讲了一下要办的事。

菊治坐在电话机旁，闭上眼睛。

同太田夫人在北镰仓旅馆共度良宵后，在回家的电车上所看到的落日景色，蓦地掠过菊治的脑海。

那是池上本门寺林中的落日。

赭红的落日，像在树梢上掠过。

霞色将森林衬映得黑黝黝的一片。

掠过树梢的落日，刺痛疲倦的眼睛，菊治便把眼睛闭了起来。

那时，他忽然觉得，稻村小姐包袱上的千只白鹤，仿佛在眼内的霞空里翩跹飞舞。

志野瓷

一

菊治去太田夫人家，是在头七后的第二天。

倘如等下班再去，要拖到傍晚，所以他打算早些走。可是每当动身要走，就有些心慌意乱。那天迟迟疑疑，直到下班都还没走。

是文子出来开的门。

“嗳呀，是您！”

文子两手扶在地板上，抬头望着菊治，仿佛是用两手支撑着颤抖的肩膀。

“谢谢您昨天送来的花。”

“不客气。”

“送了花，我以为您不会来了呢。”

“是吗？不过，也有先送花后来人的吧。”

“这倒没想到。”

“我昨天到附近花店来过……”

文子一本正经地点头说：

“花上虽然没有名片，可我立刻就猜到是您送的。”

菊治想起昨天在花店里，站在花丛中回忆太田夫人的情景。

还想起，蓦然间，花的香气竟冲淡了他对罪孽的恐惧。

此刻又受到文子温柔的接待。

文子穿一件白色的布衣服，没有搽粉，只是在有些干燥的嘴唇上，涂上淡淡一层口红。

“因为我想，昨天还是不来为好。”菊治说。

文子把膝盖往斜里挪了挪，意思是请菊治上来。

文子大概是为了要忍住不哭，才在门口寒暄的，可是当场再要说什么，说不定就会哭出来。

“收到您的花，真不知有多高兴。不过，您昨天也可以来的。”

文子从菊治的背后站起身，走过来说。

菊治尽量装出轻松的口气说：

“我怕招府上的亲戚讨厌，那反而不美。”

“我已经不在乎这些了。”

文子说得很爽快。

客厅内，骨灰坛前摆着太田夫人的遗像。

只有菊治昨天送的花还供在那里。

菊治有些愕然，只留下他的花，别人的花难道文子都收起来了吗？

不过，头七也许很冷清也难说。菊治有这种感觉。

“是水罐子吧？”

文子知道菊治说的是花瓶，便回答说：

“是的。我觉得挺合适。”

“好像是件上好的志野瓷。”

做茶道的水罐用，略微小了点。

里面插的，是洁白的玫瑰和浅色的石竹。花束跟直筒形的水罐很相称。

“家母也常常用来插花的，所以就留下来没卖掉。”

菊治坐在骨灰坛前，点上香，然后合掌瞑目。

他在祈求饶恕。可是，心里对夫人的爱，充满感激之情，仿佛又受到夫人一腔柔情的抚慰。

夫人是感到罪孽深重，不能自拔才一死了事呢？抑或是情爱弥笃，无法克制，才殉情而死的？致夫人于死命的，究竟是爱还是罪？菊治想了一个星期，百思不得其解。

此时此刻，面对灵位闭目凝思，脑海里虽然没有浮现出夫人的丰姿绰约，但那令人陶醉的香艳之感，却温存地萦绕着他。奇怪的是，菊治并不觉得有什么不自然，这恐怕也是因为夫人的缘故。那种感触的复苏，只可以意会而不可以言传。

夫人死后，菊治常常夜不成寐，便在酒里加安眠药。尽管这样，还是容易醒，而且梦很多。

不过，做的倒不是噩梦。梦醒萦回，常常感到甜美酣畅，令人陶醉，哪怕醒后，也依然为之销魂。

一个死去的人，居然让人能在梦中感受到她的拥抱，菊治觉得真是不可思议。凭他肤浅的经验，简直不可想象。

“我这人真是造孽。”

在北镰仓同菊治住旅馆那夜，夫人说过这句话；走进菊治家茶室时，也曾说过。正像这句话引起夫人快活的颤栗和唏嘘一样，如今菊治坐在灵位前，虽然想着她的死，造成她死的就是罪孽，可夫人说造孽这句话时的声音，却仿佛又在耳畔回响。

菊治睁开眼睛来。

文子在他身后抽泣。像极力忍着不哭出声来，但禁不住漏出一声两声，马上又咽了下去。

菊治端坐不动，问文子说：

“这是什么时候的照片？”

“五六年前的，是小照片放大的。”

“唔，是点茶时拍的吧？”

“咦？您倒看出来了。”

这是张脸部放大照。衣领合拢之处往下给剪掉了，两边肩膀也给剪了。

“您怎么知道是点茶时拍的？”

文子问。

“我这么觉得，你看，她眼睛朝下，脸上的表情好像是在做什么事。虽然看不见肩膀，也能感到身上在使劲。”

“起先我觉得脸有些侧，犹豫了一阵，可是，家母生前最喜欢这张照片。”

“这照片又娴静，又优美。”

“不过，脸有些侧还是不大好。人家上香时，她好像都不正眼看人不是？”

“哦，这倒是。”

“不光是脸扭过去，还低着头。”

“不错。”

菊治想起夫人临死前一天点茶时的情景。

她拿着茶勺，泪水把茶釜边都滴湿了。菊治走过去接茶碗，等喝完茶，茶釜上的眼泪才干。他刚刚放下茶碗，夫人便倒在菊治的腿上。

“拍这张照片的时候，她人还胖一点。”

接着，文子又讷讷地说：

“再说，跟我太像的照片，供在那里，不知怎的，总有些不好意思。”

菊治蓦地回头看了一眼。

文子目光低垂。那目光，方才一直凝视着菊治的背影。

这回菊治少不了离开灵前，跟文子相对而坐。

但是，对文子，他还有什么表示歉意的话好说呢？

幸而插花的器皿，是个志野瓷的水罐。菊治两手轻轻撑在罐前，装做打量茶具的模样。

白釉面上隐隐泛出红色，菊治伸手摸了摸那冷艳而又温馨的表面。

“柔润得似梦一般，这种精品志野瓷，也确实叫人喜欢。”

他刚要说“柔润得似梦中的女人”，便收住口，没说出“女人”二字。

“您要是中意的话，就送给您，作为我母亲的纪念品。”

“不敢当。”

菊治抬起头来赶紧说。

“既然喜欢，就不用客气，家母在天之灵也会高兴的。这水罐，似乎东西还不错。”

“当然是件精品。”

“我也是听家母这么说，所以才把您送的花插在里面。”

菊治也没想到，竟然会热泪盈眶。

“那么我就收下了。”

“家母也一定会高兴的。”

“不过，看来我不大可能把它当茶道的水罐用，只能拿来当个花瓶。”

“家母也用它插过花。能做花瓶用也足够了。”

“即使插花，也不是茶道用的花。茶道器具要不用在茶道上，未免可惜了。”

“我不想学茶道了。”

菊治趁回头的工夫站了起来，把放在壁龛附近的坐垫拖到廊道这边坐了下来。

文子坐得离菊治有几步远，一直没用坐垫，在他身后侍候着。

因为菊治挪开了，文子便孤单单地留在了客厅的中央。

她两手手指弯着放在膝盖上，大概怕手指发颤，便握住了手。

“三谷少爷，请原谅家母吧。”

文子说完，嗒然低下头去。

在她一低头的那瞬间，菊治以为她会倒下去，不禁吃了一惊，说道：

“哪儿的话。请求原谅的应该是我。我觉得，‘请原谅’这三个字，我都说不出口，不知该怎样表示歉意才好。对你，我感到有愧，简直不好意思来见你。”

“有愧的是我们呀。”

文子脸上露出羞惭的神色。

“真想钻进什么地缝里去。”

从她那没搽脂粉的脸颊，直到白皙修长的颈项，都微微泛起红晕，看得出文子已心力交瘁。

那微红的脸色，反而使人感到她有些贫血。

菊治内疚地说：

“我想，令堂不知有多恨我呢。”

“恨您？瞧您说的。家母她会恨您吗？”

“怎么不会？不是因为我，她才死的么？”

“那是她自己寻死，我一直这么认为。她死后这一个星期里，我一个人就在琢磨这件事来着。”

“她过世了，你就一个人待在家里吗？”

“嗯。原先家母和我两个人，也一直这么过的。”

“是我害了令堂。”

“是她自己要死的嘛。要说是您害了她，倒还不如说是我害了她。倘如家母死了，非得恨什么人的话，那就得恨我才是。要旁人来受过，或是悔恨什么，家母的死，就显得不正大光明，没有瑕疵。让活着的人负疚或后悔，我觉得会给死者增添负累的。”

“也许确是这样。不过，要是我没遇上你母亲……”

菊治说不下去了。

“我想死去的人要能得到宽恕，那就如愿以偿了。说不定家母就是想以死来求您宽恕。您能原谅她吗？”

说完，文子便站起身走开了。

听了文子的话，菊治觉得脑海里好似撤除了一层帷幕。

心里忖道，人死了，负累也能减轻么？

难道因死人而烦恼，就等于诅咒死者，就是浅薄，就是错上加错不成？其实，死就死了，哪儿还会用道德强制活着的人？

菊治的目光又转向夫人的照片。

二

这时，文子端着茶盘进来。

盘里放着两只直筒状茶碗，一只是赤乐，一只是黑乐[①]。

那只黑乐，放在菊治面前。

沏的是粗茶。

菊治端起茶碗，一边打量碗底的款识，一边莽撞地问了一句：

“谁烧的？”

“我想是了入。”

“红的也是？”

“嗯。”

① 指乐氏烧制的赤、黑釉两种茶碗。京都人长次郎（1516—1592），得茶道名家千利休指导烧制成的茶具，为丰臣秀吉所喜，赐以“乐”印，遂用为家号。“乐家茶碗”按釉色分为白、黑、红三种，多有名品传世。下文的“了入”，为乐家第九代陶匠。

"原来是一对呀!"

说着，菊治把那只红的打量了一眼。

红的茶碗放在文子的膝前，还没碰过。

这对直筒茶碗，用来喝茶正合适。可是菊治脑海里倏地浮起一个恼人的幻象。

文子的父亲死后，菊治的父亲还在世，他每次来找文子母亲时，两人不就是用这对乐家茶碗当普通茶碗用的么？给菊治的父亲用黑的，文子的母亲用那只红的，岂不是一对夫妻碗么？

真是了入瓷，倒也不算辱没了它，或许还是他们旅行幽会用的茶碗也难说。

果真如此的话，文子又明明知道内情，还给菊治拿出这对茶碗来，那就未免太捉弄人了。

可是菊治既未感到含沙射影的讥刺，也未觉出别有用心的企图。

他认为这纯粹是一种少女的感伤。

而且，连菊治自己也给牵动得感伤起来。

也许是太田夫人的死，把文子和菊治都给缠住了，无力抗拒这种别样情调的感伤。然而，这对乐家茶碗，使菊治与文子同样的悲伤，同样的深沉。

菊治的父亲和文子的母亲之间，母亲与菊治之间，以及母亲的死，一切的一切，文子全都清楚。

把文子母亲自杀的事给遮掩过去，也是他们二人同谋的。

文子沏茶时好像哭过，眼睛有些发红。

“我觉得今天还是来了的好。”

菊治说。

“照你方才的话，可以理解为，死人与活人之间，不论原谅不原谅，已经没有什么意义了。那么，我现在能不能够认为，已经得到令堂的宽恕了呢？”

文子点点头说：

“要不然，家母也得不到您的宽恕呀，尽管她始终不能原谅自己。”

“可是，我到这儿来，跟你这样相对而坐，不是有点过分吗？”

“那为什么？”

文子望着菊治说。

“您的意思，是她不该死吗？母亲刚死那两天，我真有些替她抱屈，不论怎样被人误解，死总不能洗刷什么。死了，岂不是拒绝别人的谅解吗？别人也无从宽恕她呀。”

菊治默默听着，心里在想，难道文子也探测过死亡的奥秘？

听到文子说，死是拒绝别人的谅解，使他颇感意外。

就以眼前而论，菊治所了解的夫人与文子所了解的母亲，大概就有很大出入。

文子无法了解作为女人的母亲。

对菊治来说，宽恕别人也罢，被人宽恕也罢，只发生在对女人肉体那种如梦如痴的陶醉之中。

这对一黑一红的乐家茶碗，似又使菊治悠然神游那如梦如痴的境界。

文子就不会了解其母的这一面。

从娘胎里生出来的孩子，却不了解母亲的肉体，似乎不无微妙；可是母亲的体态，竟传给了女儿，倒也微妙得很。

从方才文子在门口接他开始，菊治便感觉到一种脉脉温情，那也是因为从文子温柔的圆脸上，看到了她母亲的面影。

倘如夫人从菊治身上看到了他父亲的面影而再度失足，那么，菊治觉得文子酷似其母，便是令人颤栗和大可诅咒的事。但是，菊治却又乖乖地受其诱惑。

只要看一眼文子那微翘的下唇，小巧而干燥的嘴唇，菊治便觉得无法同她争辩。

该怎么才能使她表示一下反抗呢？

菊治心里不禁生起这样一个念头。

“令堂人太温顺了，以至于活不下去。”他说，“而我，对令堂未免又太狠心了点儿。有时不免把自己道德上的内疚，以那种形式强加于她。因为我这人既胆小，又卑鄙……”

“是家母不好。她这人太糟糕了。不论同令尊的事，或是同您的事，我觉得这虽说不是她本性……”

文子欲言又止，脸上一片飞红。血色比方才强多了。

她稍稍扭过脸去，低垂了头，仿佛要躲开菊治的目光似的。

“不过，家母死的第二天，我就渐渐觉得她美。倒不是我想象出来的，而是她自然而然显得美好起来。”

“对死去的人来说，不管怎么着，恐怕都一样吧。”

“家母也许是因为对自己的秽行隐忍不了才死的……”

“我看不是这样。”

“再说，她伤心也伤够了。”

文子眼里涌出泪水，大概想把母亲对菊治的深情吐露出来。

“死去的人已长留在我们心里，就好好珍惜吧。”

菊治又说：

“只是他们都死得太早了一点。”

文子大概也明白，菊治是指他跟文子两人的父母。

“你我都是独生子女。”

菊治接着说道。

可是说完这句话，他才想到，要是太田夫人没有文子这个女儿，他与夫人的事，说不定自己更要胡思乱想，叫那些阴暗怪诞的念头给缠住。

“据说你待家父也很亲切，这还是听令堂说的。”

这句话他终于说了出来，以为说得很自然。

他认为，父亲和太田夫人相好，出入她家的事，也不妨同文子聊聊。

可是，没料到文子当即手扶在席子上说：

“请您原谅。家母也可怜……打那时起，她就随时准备死来着。”

说完，便趴在那里一动不动哭了起来，肩膀也像松了劲儿。

她没防菊治会来，连袜子也来不及穿上。缩起身子，仿佛要把脚心藏在身下。

披散在席子上的头发，差点碰到那只赤乐直筒茶碗。

哭着哭着，两手捂着脸走了进去。

过了半晌还不见她出来，菊治便说：

“那么我今天就此告辞了。”

说完，菊治走到门口。

这时，文子捧着一个包袱出来。

“这个包，请您带回去吧。”

“哦？”

“志野罐。”

把花取出，把水倒掉，擦干，装盒，然后包好，对她的麻利，菊治真是十分惊讶。

“今天就让我带回去？不是还要插花吗？”

“甭客气，只管拿着好了。”

菊治心里想，文子大概是因为浸沉在悲哀中，动作反而更加麻利了，嘴上一面说：

“那么，我就收下了。”

“我亲自送到府上，固然周到，可是，有所不便。”

“那为什么？”

文子没有回答。

“好吧，请多保重。”

菊治刚要跨出门，文子说：

“谢谢您了。家母的事，请不要介意，还是早些结婚吧。”

“你说什么？”

菊治回过脸去，文子却没有抬起头来。

三

志野瓷水罐带回来后，菊治也想该插上白玫瑰和浅色的石竹花。

直到太田夫人死后，菊治好像才爱上她，常常为之情思缠绵。

而且，他的感情，还是经她女儿文子点破之后才了悟过来的。

星期天，他试着给文子打了个电话。

“你家里仍旧只有你一个人吗？”

“是呀，我已经觉得寂寞了。”

“一个人住，总归不行的。”

“可不是。”

“你家里这么静，电话里似乎都能感觉到。”

文子吃吃地笑了起来。

“请朋友来住住不好吗？”

“可我总觉得，要是别人一来，家母的事就会给人知道了去似的……”

菊治无言以对。

“就你一个人，恐怕不便出门吧？”

“那倒不至于，可以锁上门出去。”

“那就请你来玩玩吧。”

“谢谢你，改日吧。”

“你身体怎么样？”

“瘦了点。”

“睡得好吗？”

“夜里几乎睡不着。”

“那怎么行呢？”

“最近也许把这儿的房子处理掉，到朋友那里租间房子住。”

“你说最近，是几时呢？”

“我想等这儿卖掉，就搬。”

“卖房子吗？”

“嗯。”

“你打算卖掉？”

“嗳。您认为卖掉不好？”

“唔，倒不是。我这座房子也想卖掉呢。”

文子没有做声。

“喂喂，这些事，电话里也谈不清。星期天我在家，能不能劳驾来一趟？”

“好吧。”

“你送的志野罐，我插上西洋花了。你要是来，可以当水罐用一次……”

“是点茶么……”

“倒也不是。这件志野瓷，要不当水罐用一次，未免委屈了它，是不是？何况，茶具本来就该配别的茶具用，才能相得益彰，要不然，货真价实的美就显不出来。”

“可是，今天我这副样子，比上次见面的时候更加难看。我不来了。”

“没有别的客人，怕什么呢？”

“不想来了……”

“是吗？”

“那么再见。”

“请多保重。好像有人来了，再说吧。”

来客原来是栗本千花子。

菊治神色有些惊慌，担心方才的电话会被她听去。

“实在闷得慌，也好久没碰上这样的好天气，所以，我就来了。”

千花子嘴上打着招呼，眼睛早已看见那件志野水罐。

“这往后入了夏，茶道就该闲一阵了，我想来这儿的茶室坐坐……”

千花子将带来的礼品、点心和一把扇子拿了出来。

“这茶室，怕又要泛潮发霉了吧？”

“也许吧。”

“那是太田家的水罐吧？让我看看。”

千花子若无其事地说着，身子朝花那边挪过去。

当她手扶在席上，往下一低头，那骨骼粗大的肩膀就突出来，样子就像在喷吐毒气。

“买的？”

“不，送的。”

“送你这个？这礼物很贵重啊。是作纪念的吧？”

千花子一抬起头，便转过身子说：

“这么名贵的东西，你不会向她买吗？让人家小姐送，倒叫人有些不放心。”

“好吧，容我再考虑考虑。”

“就这么着吧。太田家的茶具，也弄来了不少，可都是你父亲买下来的。即使在照顾太田夫人以后，也没白要过……”

“这些事，我不愿听你提。”

“好了好了，不提就是了。”

说着，忽然轻快地站起身来，走了出去。

只听见她在那边跟女佣说话。过了一会儿，系着围裙出来了。

“太田夫人是自杀的吧？”

千花子出其不意地问道。

“不是。”

“不是？我一听就知道了。她那个人，身上总有股妖气。”

千花子望着菊治说。

“你父亲也说过，这个女人叫人捉摸不透。当然，我们女人家，看法又不同些。反正她总是装得天真烂漫的样子，跟我一点儿都合不来。黏黏糊糊的……”

“人死了，你不要再说她坏话好不好？”

“话是这么说。可是死人，不是还在破坏你的亲事吗？连你父亲也叫她折腾苦了。”

菊治心里想，觉得苦的怕是你千花子吧。

父亲跟千花子相好，也只是逢场作戏，为时很短。虽然原因不在太田夫人，但是，父亲到死，跟太田夫人倒一直相好，千花子简直把她恨之入骨。

“她那种女人，像你这样的年轻后生，是不会了解的。她死了倒好。我这是老实话。”

菊治扭过脸去没理她。

“连你的婚事，她都要从中作梗，谁受得了哇？她准是觉得太作孽，又收不了那份邪心才死的。像她那种人，还以为死了能跟你父亲阴间相会哩。”

菊治不由得打了一个寒噤。

千花子走到院子里，说道：

“我也要上茶室去静静心。”

菊治坐在那里看着花，半晌没动。

粉白和浅红的花色，与志野瓷上的釉彩朦朦胧胧，混成一片。

这时，文子独自在家掩面痛哭的身影，忽然掠过脑际。

母亲的口红

一

菊治刷完牙，回到卧室的时候，女佣正把牵牛花插在墙上挂着的葫芦花瓶里。

“今天我要起来了。”

菊治嘴上这么说，身子又钻进了被窝。

他仰卧着，在枕头上歪着脖子，望着挂在壁龛角上的花朵。

“有一朵已经开了。”

女佣说着，便退到隔壁房里。

“今天还请假吧？”

“嗯，再休息一天。不过，我要起来。”

菊治因为伤风头痛，有四五天没去公司上班。

“这牵牛花，从什么地方摘来的？”

“在院子边上，缠在蘘荷上，都开了一朵了。”

大概是自生自长的吧？是那种常见的靛蓝色，纤细的藤蔓上，花和叶都挺小。

可是，插在古旧发黑的红漆葫芦花瓶里，绿叶蓝花倒垂下来，颇觉清新雅致。

父亲在世时，这女佣就一直在家里帮忙，这类事不用吩咐自己会做。

花瓶上红漆褪色的地方，还看得见花押①。古色古香的盒子上写着“宗旦”两字。如果确是真品，那只葫芦便是三百余年前的东西了。

菊治不懂茶道插花的规矩，女佣自然也不清楚。不过，早上点茶，插牵牛花似乎也行。

在传世三百年的葫芦里，插着一枝早晨便会凋谢的牵牛花，想到这里，菊治不禁凝目看了一会儿。

这跟同样是三百年前的志野瓷水罐里插满西洋花相比，兴许还更合适些？

可是，养在水里，牵牛花究竟能保持多久呢？心里不免有些嘀咕。

女佣侍候他吃早饭时，菊治说：

“那牵牛花，我以为眼看就会枯萎呢，倒也不见得。”

“是吗？”

---

① 代替签名的一种签署样式。

菊治想了起来，文子权当她母亲的纪念品送他的志野水罐，他曾打算插一次牡丹花来着。

水罐拿回来时，牡丹花的花期已过，可是当时，也许什么地方还会有牡丹花开吧。

“我都忘了家里还有这样一只葫芦，难为你给找了出来。”

“是的。”

“你见过老爷在葫芦里插牵牛花吗？”

“倒没见过。牵牛花和葫芦都是蔓生的，所以，我想插插看。”

“唔？蔓生……”

菊治笑了笑，愣在那里。

菊治看报纸的时候，头开始发沉，便躺在起居室里说：

“铺盖还没收拾吧？”

女佣正在洗东西，听见菊治发问，便擦着湿手进来说：

“那我去拾掇一下吧。”

菊治随即到卧室去，一看，壁龛里的牵牛花不见了。

葫芦花瓶也没挂在原处。

“哦。”

大概花要枯了，不愿让菊治看见的缘故吧？

女佣说，牵牛花和葫芦都是“蔓生的”，菊治无端笑了出来。是的，父亲当年的一些规矩，依然保留在女佣的某些做法里。

然而，志野水罐仍摆在壁龛正中的地方，没有收走。

倘若文子走来看到了，准会以为菊治不加爱惜呢。

这只水罐刚从文子那里拿来，菊治就赶紧插上粉白的玫瑰和浅色的石竹。

因为文子在母亲灵位前就是这样插的。而那束白玫瑰和石竹花，就是文子母亲头七那天，菊治送的。

菊治抱着水罐回家的路上，到昨天请人把花送文子家的同一家花店里，买了同样的花回来。

后来，光是摸摸那只水罐，菊治就会怦然心动，便没再插什么花。

在路上，有时看到中年妇女的背影，他竟能给迷住，及至回过神来，便神情黯然，喃喃自语：

“简直是在犯罪。”

等他收敛心神，一再端详，那背影并不像太田夫人。

只不过身腰丰满，形相略似而已。

倏地，菊治浑身一哆嗦，感到一种渴望，但同时，陶醉与疑惧交并，使他在即将犯罪的一刹那，当即醒悟过来。

“使我发生邪念的，究竟是什么呢？”

菊治即便这么说，想甩掉什么，可是代替回答的，竟是越发想与夫人相会的欲念。

与死者的神交，那种感触有时竟会活灵活现的。菊治也想过，若不从中摆脱出来，自己便不可救药了。

有时菊治也认为，这或许是因为道德上的自责，引起了官能上的病态。

菊治把志野水罐收进盒里，然后钻进被窝。

他转眼去看院子时，外面打雷了。

雷声虽远，却很响，而且响声越来越近。

闪电开始掠过院里的树木。

骤雨已至。雷声倒像离得远了。

地上溅起了水花，雨势很猛。

菊治爬起来，去给文子打电话。

“太田小姐已经搬走了……”

对方说。

“啊？”

菊治禁不住心头一跳。

“对不起。那么……”

菊治心想，文子已经把房子卖掉了。

“您知道她搬到哪里吗？”

“啊，请稍等一下。”

接电话的似乎是女佣。

她马上又回到电话机旁，好像在照字条念，把地址告诉菊治。

说是房东姓户崎，也有电话。

菊治把电话又拨到那家。

只听见文子声音爽朗地说：

“让您久等了，我是文子。”

“文子小姐吗？我是三谷。我刚给你家打过电话。”

“真对不起。”

她声音压低了，很像她母亲。

“几时搬的？”

“哦，是……”

“怎么不告诉我呢？”

“这些日子一直在朋友这里叨扰。房子已经卖掉了。”

“哦。”

“我总拿不定主意，不知要不要告诉您。起初没打算告诉您，也决定不告诉您。可近来，心里又后悔没告诉您。”

“那可不是么。”

“哟，您也这么认为？”

说话的工夫，菊治仿佛洗了一个澡，神气为之一爽。电话难道也会有这种效验？

“那个志野水罐，你送给我的，每次看到，就特别想见你。”

“是吗？家里还有另外一件志野瓷，是只直筒形的小茶盅。上次我想跟水罐一起送给您来着。可是，因为家母用来喝过茶，碗边上还染上了口红印……”

“唔？”

“那是家母的说法。”

“瓷器上沾着家母的口红印，会不掉吗？”

“不是没掉。那件志野瓷，本来就带点浅红，家母说，口红一沾在碗口上，就怎么也擦不掉。家母死后，我看那茶盅，碗口上真有一处，像是隐隐地发红。”

文子说这话，果真那么若无其事吗？

菊治听不下去了，便转个话头：

“这里阵雨下得很大，你那里呢？”

“也是倾盆大雨呀。我怕打雷，都缩成一团了。”

“这场雨后，想必会凉爽一些。我在家休息了四五天，今天还在家里。高兴的话，过来玩玩吧。”

“谢谢。要拜访的话，也得等找到事以后。我想出去做点事。”

没等菊治回答，文子又说：

“接到您的电话，我挺高兴，就来一趟吧。虽然我觉得似乎不该再看您……”

菊治等阵雨过去，让女佣收起铺盖。

菊治自己也很奇怪，打电话的结果，居然把文子给请了来。

他尤其没有料到，同太田夫人之间的那种罪孽的阴影，竟因听了她女儿的声音而变得无影无踪。

难道是女儿的声音，使他觉得她母亲虽死犹生吗？

菊治刮胡子时，把刮下的胡子带肥皂沫一齐甩在院里的树叶上，让雨水给冲掉。

刚过中午，还以为文子来了，菊治到门口一看，原来是栗本千花子。

“哦，是你！”

“天儿热起来了。好久没来了，今儿来看看你！”

“我身体不大舒服。”

“可别病了。脸色也不怎么好。”

千花子紧蹙额角，看着菊治。

菊治思量着，自己认为文子会穿西服来的，怎么听见木屐声，就错当文子来了呢？真是怪事。嘴里同时说道：

“新镶了牙吧？好像年轻多了。”

“趁黄梅天，有闲工夫才去镶的……就是太白了点。反正很快就会变色，管它呢。”

千花子走到菊治的卧室，看了看壁龛。

“什么都没有，这回可干净利索了吧？”

菊治说。

“是呀，都是这黄梅天嘛。不过，至少得摆点花什么的……”

接着，回过身子说：

“太田家的那只志野罐，后来怎么着了？”

菊治没做声。

“还掉不好吗？”

“那是我的事。”

“也不见得吧？”

“至少，用不着你来指手画脚。”

“倒也未必吧？”

千花子露出雪白的假牙笑着说：

“今儿个来，就是为了要啰嗦几句。”

说着，陡然双手一挥，好像要赶掉什么似的。

“我非把那股妖气从这个家里赶走不可……”

“你别吓唬人好不好？”

“不过，我这个媒人，今儿个倒要提几个条件出来。”

“假如还是稻村小姐的事，那么谢谢你的好意，我不能接受。”

“哟！哟！要是因为不中意我这个媒人，连中意的亲事也毁掉，岂非气量太小。媒人搭桥，你只管在上面走道，你父亲当年还不是满不在乎，照样利用我。”

菊治沉下脸来。

千花子说得越起劲，肩膀就越爱耸起来。

“那也难怪，我跟太田夫人不一样，心直口快。即便这种事，也不想藏在心里，总想有朝一日还是说说的好。遗憾的是，在你父亲那些相好的当中，我竟排不上号。短暂得很，一下子就吹了……”

说完，便低下头去。

“不过，我倒不恨他。打那以后，只要对他有用，他就随意利用我……你们男人家，最喜欢利用有过关系的女人了。我呢，也托你父亲的福，学到一些处世之道，大有用处。”

“哼。”

“所以，你就利用一下我这处世之道，也大有用处。”

她这番话，菊治不知不觉倒也听了进去，认为有点道理。

千花子从和服腰带里抽出一把扇子。

“一个人要太像个男人，或太像个女人，就学不来这种有用的处世之道。”

“是吗？那么这种处世之道，就该是男不男女不女的喽？”

“别奚落人，好吗？要能变得男不男女不女的，倒正好能把男人和女人的心思一齐看透。你想过没有？太田夫人娘儿俩相依为命，她居然舍得丢下女儿，自蹈死地！依我看，她说不定别有用意，以为她死了，你可以替她照顾女儿……”

“什么话！”

“我细细琢磨了一番，恍然解开这个疑团。我总觉得，她是拿死来毁掉你这桩亲事。她的死，非同寻常，必有道理。”

“是你自己胡思乱想罢了。”

菊治一面这样说，一面感到千花子的胡言乱语真是刺心。

仿佛有闪电掠过。

“菊治，你是不是把稻村小姐的事，告诉过太田夫人？”

菊治记了起来，但又装作不知。

“打电话告诉太田夫人，说我的婚事已经定了的，不是你吗？”

“是的，我告诉过她，叫她别捣乱。就在那天晚上，她死了。”

顿时默然。

“可是，我打电话，你怎么知道呢？是她来向你哭诉的吧？”

菊治冷不防挨了一下。

“是不是？怪不得她在电话里‘哎呀’了一声哪。”

“这么说，不等于你害了她吗？”

“你以为这么想就可以脱掉干系，轻松自如了是吧？反正我也演惯反派了。你父亲就是这样，用得着的时候，便叫我替他做恶人，对他用处大着呢。倒并不是为了报答他，今天我就再来演一回反派。”

在菊治听来，千花子似乎是把那根深蒂固的嫉妒和憎恶一吐为快。

“算啦，这些个内幕，就佯装不知吧……”

千花子的眼神，仿佛在谛视自己的鼻子尖似的，接下去说道：

“你要是讨厌我，以为我多管闲事，尽管皱眉头好了……总有一天，我要把这个狐狸精赶跑，帮你缔结良缘。”

“缔结良缘这类话，请你不要再提，行不行？”

“行，行。我也不愿把太田夫人的事搅进来。”

千花子把声音放柔和些说：

“当然，太田夫人也算不上是坏人……自己死了，不言不语的，便把闺女许给你，这不过是她的痴心妄想，所以……”

“又开始胡说八道了！”

“就是这么回事嘛。她在世的时候，你真以为她从来都没想过要把闺女嫁给你吗？要真这样以为，你也太糊涂了。她那个人，不管睡着醒着，只顾想你父亲，像着了魔似的，要说是痴情，倒也真是痴情。糊里糊涂的，把闺女也给卷了进来，末了连命都搭上了……在旁人看来，不是报应，就是神罚。简直是天网恢恢。”

说到这里，菊治和千花子彼此对视了。

千花子把两只小眼睛向上翻起，那目光定定然直瞧着菊治，菊治只得侧过脸去。

菊治之所以畏首畏尾，让千花子絮絮不休说道半天，是因为原本自己就有弱点，尤其因为千花子的奇谈怪论把他怔住了。

死去的太田夫人，果真想叫女儿文子跟菊治订终身吗？菊治连想都没想过，也不信这话。

恐怕又是千花子在发妒火吧？

正像千花子胸脯上长的那块令人嫌恶的黑痣一样，也许是一种瞎猜疑？

然而，这番奇谈怪论，在菊治听来，不啻是一道闪电。

菊治感到十分惶恐。

难道自己真的就没有抱过这种希望么？

母亲亡故之后，移情于女儿，这在世上并不是没有先例。可是，当一个人还恋恋于母亲的拥抱，却又不知不觉倾心于其女儿，竟至自己都未察觉，岂不真是入了魔障？

现在想来，自从与太田夫人相会以来，他觉得自己的性格全变了。

总好像麻木了一样。

“太田小姐来了。她说，要是有客人，就改天再来……”

女佣进来通报。

“嗳呀。她回去了吗？”

菊治起身走了出去。

二

“方才太失礼了……”

文子伸着白净而修长的脖颈，抬头望着菊治。

从喉咙连接前胸的凹陷处，蒙着一层淡黄的阴影。

不知是光线的缘故，抑或是形容的憔悴，看到那淡淡的阴影，菊治感到怡悦欣慰。

“是栗本来了。”

菊治直言以告。出来的时候虽有些拘谨，但一见到文子，反而轻松起来。

文子点点头说：

“我瞧见师傅的阳伞了……”

“哦，是这把伞吗？”

一把长柄灰伞在门口靠墙竖着。

“要不然，请你先上厢房那儿的茶室待一会儿？栗本那老婆子就要回去的。”

菊治嘴上说着，心里不免埋怨自己，明知文子要来，为什么没把千花子打发走呢?

“我倒没什么……”

“是吗？那么请。”

文子仿佛对千花子的敌意茫然无知，进客厅时，还向她寒暄致意。

同时，对她来给母亲吊丧也道谢了一番。

千花子像授徒传艺时的样子，耸起左肩，挺着胸脯说：

“令堂也是位性气平和的好心人，在这好人活不下去的世道里，她像最后一朵花似的凋谢了。”

“家母可没那么好。”

“撇下你一个人，令堂心里准牵挂得很。”

文子垂下目光。

微微翘起的下唇，抿得紧紧的。

“一个人也怪冷清的，不如来学学茶道……”

“哦，我已经……”

“可以解解闷儿。”

“我不够资格。”

“瞧你说的。”

千花子把叠放在腿上的手左右一分，说道：

“其实呀，我是看这黄梅天快完了，想来给他们家茶室通通风，所以，今儿个才来的。”

说完，睃了菊治一眼。

“正好文子小姐也来了，你看行不行？”

“什么？”

“让我用用令堂的纪念品，那只志野水罐……”

文子抬头看了看千花子。

“也好借此说说令堂的往事。”

“要是在茶室里哭了起来，那多不好。”

“嗨，那就哭呗，怕什么呀。赶明儿菊治少爷娶了亲，这茶室也就不能随便来了，尽管这儿的茶室是值得我回忆的地方……”

千花子笑了笑，然后敛容正色道：

“我是指跟稻村小姐的亲事，要是成了的话。”

文子点点头，不露一点声色。

可是，和她母亲相似的小圆脸上，看得出憔悴的颜色。

菊治说：

“提这些没成的事，不是难为人吗？”

“我说的，就是‘要是成了的话’。”

千花子把菊治顶了回去，又说：

“好事总是多磨，事情没成之前，文子小姐全当没听见这话吧。”

“哎。”

文子又点了点头。

千花子招呼女佣，自己起身打扫茶室去了。

“这儿的树阴，叶子还湿着哪，当心点呀。”

院子里传来千花子的声音。

三

“早上的电话里，差不多听得见这儿的雨声吧？”

菊治说。

“电话里也能听见雨声吗？我倒没留意。这儿院子里的雨声，电话里也能听见？”

文子朝院子望去。

隔着树丛，传来千花子打扫茶室的声音。

菊治也望着院子说：

“你那边的下雨声，电话里听不听得见，我也不记得了，可是过后，却有种感觉。刚才风雨骤至，声势真大呀。”

“可不。那雷声才怕人呢……”

“对了，对了，电话里你也说过。”

“连这些无聊的小事，我都像家母。小时候，每次打雷，家母就用和服袖子蒙住我的头。夏天，要是上街去，家母常说，今儿个会不会打雷，总要先看看天色。即使到了现在，只要一打雷，我就吓得甚至拿袖子捂住脸。”

文子说着，从肩膀到胸口，隐约露出一股娇羞之态。

“那只志野茶盅，我带来了。”

说着便站起身走了出去。

回到客厅里，她把包好的茶盅原封放到菊治的膝前。

见菊治还有犹疑，便把包拉到自己面前，从盒里取出茶盅。

“那只乐家直筒碗，令堂好像也当茶杯用的，是了入烧的瓷吧？”

菊治问。

“是的。可她说，不管黑乐还是赤乐，那两只碗跟粗茶或是煮的茶，颜色不配，所以她常用这只志野小茶盅。”

“不错，黑乐显不出粗茶的颜色……”

看到菊治仍旧无意把摆在面前的志野直筒茶盅拿起玩赏，文子便提起话头：

“这虽然不是什么上好的志野瓷……”

“哪里。”

可是，菊治终究觉得不好贸贸然就伸手去碰。

正像早晨文子说的，这只志野瓷的白釉上，隐隐的带点红。仔细打量之下，那红色仿佛能从白釉中渗出来似的。

并且，碗口上略微带点浅茶色，有一处，浅茶色看似更浓一些。

那儿该是唇吻的地方吧？

看来好像是沾的茶锈，也许是嘴唇碰脏的缘故。

再一看，那浅茶色中仍旧透出一丝红意。

今晨文子在电话里也说到过，这难道真是她母亲的口红染在上面的？

经他这一琢磨，再看釉面上的纹路，确是显出茶、红两色来。

那色调好似褪色的口红，又像萎蔫的玫瑰红——同时也像沾在什么东西上的陈旧了的血渍一样。想到这里，菊治心里好不奇怪。

他既感到龌龊，有点想作呕，同时又感到一种诱惑，心驰神往。

茶碗面上，黑里透青，画了一些宽叶草。叶子中间，透出一丝丝红锈色。

那些草，画得纯朴刚健，仿佛要唤醒菊治那病态的官能。

碗的样子十分端庄。

“相当好哇。”

说着，菊治便伸手拿了起来。

“我不大懂瓷器，可是家母喜欢，拿来当茶杯用。”

“给女人当茶杯用，倒是蛮合适的。”

菊治从自己的话里，又一次活灵活现地感知文子母亲这个女人。

尽管如此，沾上其母口红的这只志野茶盅，文子为什么要拿来给他看呢？

是天真？抑或是迟钝？菊治简直弄不明白。

只不过，文子那种毫无抵牾的情绪，好像也传给了他。

菊治一面把茶盅放在腿上转来转去地看着，一面尽量避免手指挨到嘴唇碰过的那块地方。

“请收起来吧，要是叫栗本那老婆子看见，又该啰嗦讨厌了。”

“好吧。”

文子把茶盅放进盒里，重新包好。

她带来是打算送给菊治的，似乎没有机会表示。也许是怕菊治不中意这东西。

文子站起来，把包又放回门口去了。

千花子从院子里弯着身子走了上来。

“把太田家的那个水罐子拿出来呀。”

“就用我们家的好不好？太田小姐现又在这儿……”

“瞧你这话说的，不就因为文子小姐在这儿才用一用吗？我们正要借志野瓷这件遗物，来谈谈她母亲的往事嘛。”

“你不是恨太田夫人吗？”

菊治说。

“我恨她干什么？我们不过是脾气合不来罢了。再说，人死了，要恨也没法儿恨了。不过，就因为脾气合不来，对她才无从了解。另外一方面，有些地方，我也把她给看透了。”

“把人看透，好像成了你的癖性。”

“能不叫我看透才好呢。”

这时，文子从走廊上过来，靠门边坐下。

千花子耸起左肩，回过头来说：

“我说，文子小姐，咱们用用你妈的志野水罐，行吗？”

“哎，请用吧。”

文子回答。

菊治把刚刚放进壁橱里的志野水罐又拿出来。

千花子嗖地将扇子往腰带里一插，捧着水罐到茶室去了。

菊治也走到门边，问道：

“今早晨在电话里，听说你搬走了，我都一愣。房子这些事，都是你一个人办的？”

“当然。不过，是熟人买下的，所以也不算怎么麻烦。那位熟人暂住在大矶，听说房子很小，提出可以和我对换。可是，不管房子多小，我一个人也不能住在那儿呀。而且，要上班的话，还是租房子方便。这样，我暂时就搬到朋友家去了。”

“工作定了吗？”

“没有。真要找事做，也没那么容易。我又身无一技之长呀……”

文子转而含笑说：

“我本来打算，等事情定了再来拜访。要不然我无家无业，漂泊无着，在这种情况下来看您，岂不可悲。”

菊治本来想说，在这种情况下更好，但是，文子那表情，原以为孤苦伶仃的，现在看上去倒也并不显得凄凉。

“这座房子，我也想卖掉，可是一直拖拖拉拉的。因为心里总惦着要脱手，结果落水管要修的也没修，席子也坏成这样，席面都没换一换。”

“您不是要在这房里结婚么？等那时候再……”

文子开门见山地说。

菊治盯着文子的脸说：

“你是指栗本的话吗？你想想，我现在能结婚吗？”

“是为了我妈的事吗？她既然叫您这么伤心，她的事，我看就让它过去算了……”

四

茶道这一套，对千花子来说真是驾轻就熟了，所以，茶室很快就准备好了。

“跟水罐子这么配，你看好不好？”

千花子问菊治，菊治也不懂。

见菊治没回答，文子也就没做声。两个人都盯着志野水罐。

本来在太田夫人灵位前权当花瓶用的，今天，又恢复其本色，作水罐来用了。

这曾经是太田夫人手上的东西，现在却任由千花子摆弄。太田夫人死后，传到女儿文子手里，再由文子转给菊治。

这水罐的际遇真是不可思议，也许所有的茶具大抵如此。

早在太田夫人拥有它之前，这只水罐在诞生后的三四百年间几易其主，迭相传承，这些物主的命运究竟如何呢？

“这只志野水罐，放到茶炉或茶釜这类铁器旁边，看着越发像个美人了。”

菊治对文子说：

“而且，它那强劲的姿势，绝不亚于铁器。”

这件志野瓷，白釉里透着润泽，闪出光华。

菊治在电话里曾告诉文子说，看见这件志野水罐，便切盼一睹芳容。但是，她母亲那白皙的肌肤里，难道也深蕴着女性的强毅么？

因为天热，菊治把茶室的纸格子门拉了开来。

文子身后的窗外，枫叶一片青翠。枫叶茂密的枝叶投下的影子，正落在文子的秀发上。

文子那略长的颈项，上部正照着从窗子射进来的亮光里。短袖衣衫，仿佛初次上身，手臂看着有点白里透青。人不显太胖，却肩膀丰腴，手臂滚圆。

千花子也在瞅着水罐。

“水罐要是不用在茶道上，就显不出灵气。仅仅插几枝西洋花，简直是糟蹋东西。”

“家母那时也插花来着。”

文子说。

“令堂留下来的水罐居然跑到这儿来，真跟做梦似的，叫人意想不到。不过，令堂在天之灵也一定会挺高兴的。”

千花子话中带刺，想挖苦她几句。

可是，文子却若无其事地说：

“一来，这个水罐家母当过花瓶用；二来，茶道我也不想学了。”

“你千万别这么说。”

千花子环视茶室，又说：

“能在这儿坐着，心里再踏实不过了。虽说我到处都跑遍了。”

接着，又看着菊治说：

“明年是你父亲五周年忌辰，等到忌日那天，办一次茶会吧。”

“行啊。把所有冒牌茶具全摆出来，再请些客人来，倒也痛快。”

“你这话从何说起？你父亲的茶具里，就没有一件假货。”

“是吗？不过，要是全都是假货，那个茶会准会有趣得多。”

菊治又对文子说：

“这间茶室里，我总觉得有股难闻的霉味，好像充满毒气似的，要是开个茶会，用清一色的冒牌茶具，说不定能冲冲这股毒气。就算是追荐父亲，追荐过后，与茶道一刀两断。虽然我早就跟茶道绝了缘……”

“你言下之意，我这老婆子怪讨厌的，老来你们茶室待着，是不是？”

千花子急速地搅着茶刷。

“就算是吧。”

“不许你这么胡说。不过，要结新缘，旧缘断了倒也好。”

千花子示意茶已经点好，把茶放到菊治面前。

“文子小姐，听了菊治少爷的气话，令堂的这件遗物，似乎找错了归宿。我一看见这只志野罐，就觉得令堂的面孔好像映在那上面似的。”

菊治喝完茶，放下碗，转而又看起水罐来。

也许是千花子的身影，正映在那黑漆的盖子上。

文子坐在一旁发怔。

菊治无从知道，文子究竟是尽量不去触犯千花子呢，抑或根本就没把她放在眼里？

文子的神色没有不高兴的表示，跟千花子并坐在茶室里，也真是怪事。

千花子提到菊治的亲事，文子也没有显出不快的样子。

千花子历来就恨文子母女，句句话都在羞辱文子，可是文子了无反应。

难道文子因为过于悲伤，便什么都淡然处之，全不计较了么？

还是因为母亲去世的打击，使她超乎这一切之上了呢？

要不然便是其母的秉性传给了她，一向俯仰随人，是个纯洁无邪的少女？

然而，菊治任千花子一味憎恶侮慢文子，尽量不显出有意袒护文子。

但当他发觉这情形后，心里不禁想道：倒是自己有点古怪呢。

而且，他看着千花子点好最后一杯茶，举杯自饮的样子，也觉得好不奇怪。

千花子从腰带里掏出表来，看了一眼说：

“这种小表，老眼昏花，看起来真吃力……把你父亲的怀表送给我好吗？”

“他哪里来的怀表？”

菊治把她顶了回去。

“有的嘛，他常带在身上。上文子小姐家的时候，不是也带过吗？”

千花子故作吃惊地说。

文子垂下目光。

“是两点十分吗？两根针挨在一起，看着模模糊糊的。”

千花子又恢复她那勤快的劲头。

“稻村家的小姐给我招来一伙人，今儿个下午三点钟要学茶道。去她家之前，先到你这儿来拐一下，想讨个回话，心里好有个底儿。”

“那你就直截了当，向稻村家给我回掉吧。”

听菊治这么说，千花子便随口敷衍：

“好，好，咱就直截了当……”

笑着掩饰了过去。

“真想让那伙人，早一天到这间茶室来学茶道。”

“好办，就请稻村家把这座房子买下好了。反正我最近就打算卖掉。”

“文子小姐，咱们一道走吧？”

千花子没去理会菊治，冲着文子说。

“好的。”

“那我就赶紧把这儿收拾收拾。”

“我来帮您收拾。”

“你帮我？”

可是，千花子并不等文子，径自朝水房匆忙走去。

传来哗哗的水声。

“文子小姐，我看算了吧，甭跟她一道回去。”

菊治放低声音说。

文子摇摇头：

“我怕她。”

“有什么好怕的。”

“我真怕她。”

“那么，你就跟她走一段，然后再甩开她。”

文子仍旧摇摇头，站起身来，把腿腕那里的衣服皱褶拉拉平。

菊治险些从下面伸过手去。

他以为文子摇摇晃晃会倒下来，弄得文子满脸通红。

方才千花子提到怀表的事，把她羞得连眼角都红了，现在则是满脸飞红，如一朵盛开的红花。

文子抱起志野水罐朝水房走去。

“哟，敢情你倒只管把令堂的东西拿了来？”

从里面传来千花子沙哑的声音。

双重星

一

栗本千花子到菊治家来说，文子和稻村小姐都已经结婚了。

夏天傍晚八点半的时分，天色还亮。菊治吃过晚饭，躺在廊子上，瞧着女佣买来的萤火虫笼子。清白的萤火光，不知什么时候起，带上了些黄色，天也暗了下来。可是，菊治仍旧懒得起来点灯。

他向公司请了四五天假，到野尻湖的朋友的别墅那儿去避暑，今天刚回来。

朋友已经结婚，而且有了孩子。菊治对婴儿毫无经验，生下来有多久，究竟长得大还是小，一点也看不出，不知该说些什么才好，只得说上一句：

“这孩子发育得很不错嘛。”

“哪儿呀，生下来才小得可怜哪。最近总算长了点个儿。”

朋友的妻子回答说。

菊治在婴儿眼前晃晃手说：

“还不会眨眼睛呢。”

“东西倒能看见，眨眼睛还得过些时候。”

菊治以为婴儿有好几个月大了，其实才刚一百天。难怪那年轻的妻子，头发稀疏，脸色青黄，显然还带着产后的憔悴。

夫妇二人的生活，一切以婴儿为中心，只管看顾婴儿，菊治觉得自己实在多余。但是，当他乘上回家的火车，朋友妻子那瘦弱的身影始终萦绕在他脑际，久久不能离去。她看来很老实，面容憔悴，毫无生气，只是呆呆地抱着婴儿。朋友本来和父母兄弟住在一起，这头一个孩子出生后不久，便暂时住到湖畔的别墅里。朋友的妻子恐怕过惯了这种小两口生活，过分地闲适泰然，竟至有些发呆。

菊治回到家里，躺在廊子上，仍在寻思朋友妻子那副模样，而这种怀念之情，圣洁之中带点悲凉的意味。

正在这时，千花子来了。

她冒冒失失地走进屋子说：

“嗳哟！怎么摸黑躺在这儿呀？”

于是便坐在菊治脚边的廊子上。

“单身汉真怪可怜的。躺在这儿，连个灯都没人给点。”

菊治蜷起腿来，待了一会儿，又不大高兴地坐了起来。

“别见外，只管躺着好了。”

千花子右手做了个手势，让菊治躺下去。然后，又郑重其事地寒暄了一通。说她去了趟京都，回来时还顺便在箱根停了停，在京都她师傅家，遇到茶具店的大泉老板。

“我们好久没见面了，便跟他聊起你父亲的事，真说了个痛快。他说要告诉我你父亲外出幽会的那家旅馆，便把我带去看木屋町的一家小旅馆。那里，你父亲大概同太田夫人去的吧？大泉老板还叫我住在那儿。这人真没脑子。一想到你父亲跟太田夫人两个全作古了，不论我胆多大，睡到半夜里，没准儿也会害怕起来，你说是不是？”

菊治没有做声，心里想，你千花子说这些，才真的没脑子呢。

“你也到野尻湖去了一趟吧？”

千花子是明知故问。一进门就问过女佣，而且，不经通报便闯了进来，她历来就是这种作风。

“我刚回来。”

菊治回答的口气，显得老大不高兴。

“我回来三四天了。”

说着，千花子又煞有介事，耸起左肩说：

“可是，回来一看，出了件事，真叫人遗憾。开头我大吃一惊，都怪我太大意，简直没脸来见你。"

据千花子说，稻村家的小姐已经结婚了。

菊治也吃了一惊，幸好廊子上很暗，看不清表情。他漫声应了一句：

“是吗？几时？”

“你倒蛮不在乎，像没事人似的。”

千花子挖苦说。

“本来嘛，雪子小姐的事，我不是向你回绝过几次了嘛。”

“那也是口头上说说罢咧。恐怕是对我，才摆出这副面孔来。什么一开头就不情愿啦，偏是我这多嘴多舌的老婆子好管闲事，纠缠不休，招人讨厌。你心里却在想，这小姐倒挺不错的，是不是？”

“你胡说些什么！”

菊治忍不住笑了出来。

“那小姐你挺中意的吧？”

“小姐人倒的确不错。”

“你的心思，我早就看透了。"

“说小姐好，不一定就想到结婚呀。”

然而，听说稻村小姐已然结了婚，菊治心里立时一阵翻腾，极力回忆起小姐的面影来。

菊治只见过雪子两面。

在圆觉寺的茶会上，千花子为了让菊治端详雪子，特意叫她点茶。雪子点茶，手法朴素，气质高雅，新叶的影子映在纸格子门上，她身穿一身长袖和服，肩膀和衣袖，甚至连头发在辉映之下都显得光亮起来，这印象都还珍藏在菊治心底。可是，雪子的容貌，菊治却怎么都记不起来。当时她用的红色绸巾，以及去寺庙后院茶室的路上，手上拿着的那只桃红绉绸上印着千只白鹤的包袱等，此刻又全都鲜明地浮上他的脑海。

后来一次，雪子到菊治家的那天，是千花子点的茶。直到第二天，菊治还觉得茶室里小姐的余香依然。她身上那条绘有石菖蒲花的腰带，历历如在眼前，只是小姐的身姿，却难以把握。

就说故世才三四年的父母，菊治连他们的面貌也都记不大清。一看到照片，才若有所悟，连连点头。也许越是亲越是爱的人，就越是记不住；而越是丑类恶物，越是牢记不忘。

雪子的眼神和面颊光艳照人，在菊治的记忆里却是抽象的。可是，千花子长在乳房和心窝间的那块痣，却像癞蛤蟆一样，记忆之中十分真切。

此刻廊上虽则很暗，菊治也知道，千花子大概穿的是那件白麻绉的和服长衬衣。她胸口上的那块痣，即便在亮处，也不会透过衣服看见，但是，在菊治脑海中，却看得很分明。惟其暗得看不见，倒反而看得见似的。

“既然觉得小姐好，就不该错过机会呀。要知道，稻村雪子这世上就只这么一个。你哪怕找上一辈子，也甭想再找到第二个。这么简单的道理，还不明白？”

于是，千花子数落起菊治来：

“你经事不多，眼界倒挺高。这一来可好，把你和雪子小姐两人的命运全给改变了。人家小姐本来对你挺有意思，现在嫁给别人，万一遭受不幸，可不能说你没责任。”

菊治没有吭声。

“小姐的模样，你总归仔细看过了吧？难道你就忍心，让她以后悔不当初没早几年嫁给你，心里老想念你吗？”

千花子的语调有点刻毒。

倘若雪子已经结婚，千花子何苦跑来说这些废话呢？

“这是萤火虫笼子吗？现在还有这个？”

千花子伸过头去说：

“转眼又到挂秋虫笼子的季节了。这早晚还有萤火虫？看着像鬼火似的。”

“大概是女佣买来的。”

“女佣那就难怪了。你要是学学茶道，就不会这样啦。在日本，做什么事，都要讲个季节。”

经千花子这么一说，萤火虫看着倒真像鬼火似的。菊治想起野尻湖畔秋虫唧唧，这些萤火虫能活到今天，真是不可思议。

“要是有了太太，你准不会这么冷冷清清，什么事都脱了班过了时。”

说着，千花子忽做恳切状，低声说：

“我给你介绍稻村小姐，也是替你父亲出力呀。”

“出力？”

“是啊。你只顾躺在这暗处，瞧着萤火虫出神，这不，连太田家的文子小姐也出嫁了。”

“几时？”

菊治心里老大吃惊，比方才听到雪子结婚还要意外，就像给人绊了一跤似的，甚至都来不及掩饰他的惊愕。千花子或许也看出了菊治这种狐疑的样子。

“我也是，从京都回来一看，简直都愣住了。两个人就像约好了一样，一下子全出嫁了，年轻人做事，就这么轻率。”

千花子又往下说：

“我还以为，既然文子小姐嫁了人，就没人再来作梗了，不料稻村小姐这时也出阁了。稻村家那方面，弄得我也丢尽了脸，全怪你优柔寡断。”

然而，文子结婚的事，菊治仍旧不大相信。

“太田夫人一直到死，都在跟你捣乱，现在，文子这一结婚，她的妖气在这个家里就该散掉了吧！”

千花子把目光转向院子。

“这样倒也痛快，一了百了。你该把院里的树木修整修整了。即使这么暗，不看也知道，树叶长得太密太乱，阴乎乎的闷死人了。”

父亲死了四年，菊治从没叫花匠来修剪过。的确，院里的树木恣意疯长，白天的余热，这时散发出来，光凭感觉也能知道。

“女佣恐怕连水也不浇吧？这些事，你可以吩咐她做嘛。”

"甭来多管闲事。"

千花子的话，句句都会教菊治皱眉头，可是，他仍旧任其说东道西。每次见到千花子，都是这么个情景。

虽说千花子的话令人生厌，她却是想讨好菊治的，同时也想试探试探他的意向。她这套伎俩，菊治早就习以为常了。有时，他嘴上反唇相讥，暗中也不无提防。千花子自然也心里透亮，可大抵装聋作哑，偶尔露点颜色，借以表示心中有数。

她的话虽然讨厌，可很少有菊治未曾想过的。而且专爱挑使菊治厌恶自己、内心嘀咕的一些事，来触他霉头。

今晚，千花子跑来告诉他，雪子和文子都出嫁了，大概就想窥探一下菊治的反应。她究竟是什么用意呢？菊治不敢掉以轻心。千花子本来想把雪子介绍给菊治，使他以此疏远文子，现在两位小姐既已另结良缘，剩下菊治作何感想，也不关她的事，可她还总是盯住菊治，想摸清底细。

菊治很想起来去开客厅和廊子上的电灯。这样摸黑跟千花子说话，想想怪不合适的。论交情，他们也没亲密到这种程度。她虽然连整理院里树木这种事也插嘴要管，这是她的脾气，菊治根本没当回事；可是，仅仅为了开一下灯，他又有点懒得起来。

千花子刚才一进屋只管嚷嚷叫黑，却也不想动弹。按她的脾气，对这类事一向很勤快，这也是职业使然。但是眼下，她似乎挺不愿替菊治出什么力。也许是因为年纪不饶人，要不就是当了茶道师傅，爱摆点架子的缘故。

“京都大泉老板找我带个口信。他说，万一你这儿有茶具要出手，希望能授权给他来处理。”

接着，千花子沉稳地说：“稻村小姐这桩事也给逃掉了，你该振作一下，改弦易辙，换一种新生活。说不定这些茶具便没什么用了。虽然打你父亲那时起就用不着我了，我也挺寒心的，可是，你们家的茶室，倒是只有我来了，才打开门窗通通风，是不是？”

啊哈，原来如此！菊治这才回过味来。

千花子的目的十分露骨。她大概见菊治和雪子结不成婚，便死了心，于是，就跟茶具店的老板勾结起来，想挖走菊治家的茶具。准是在京都和大泉老板合计好了来的。

菊治与其说是生气，倒不如说反而轻松起来了。

“我正打算连房子都卖掉呢，到时候或许要借重他。"

“毕竟是你父辈的熟人靠得住，不管什么事，你尽可以放心。”

千花子又加上一句。

菊治心里想，家里的茶具，千花子可能比自己还清楚，说不定她早就盘算过了。

菊治朝茶室那边望过去。茶室前那棵大夹竹桃，开满白花，远看只是朦胧一片白。夜色深沉，天树之分，已难于辨别了。

二

临下班，菊治刚要走出办公室，又被电话叫了回去。

“我是文子。”

电话里声音很小。

“喂，我是三谷……”

“我是文子。”

“嗯，知道。”

“真对不起，打电话麻烦您，可是，这件事要不打电话向您道歉，就晚了。”

“哦？”

“昨天我给您寄了一封信，好像忘记贴邮票了。”

“是吗？我还没收到——”

“我在邮局买了十张邮票，信发出后，回家一看，整整还是十张。真是糊涂。我一直寻思，怎么才能在信到之前，向您表示歉意……”

“这点小事，不必介意……”

菊治一面答话，一面在想，这封信难道是通知她结婚的吗？

“是报喜的信吗？”

“您说什么？一向都是打电话的，给您写信，这还是头一回，当时挺犹豫，要不要寄出去，结果把邮票给忘了贴了。”

“你现在在哪儿？”

“是公用电话，在东京站……外面还有人在等着打电话呢。”

“是公用电话？”

菊治不懂她为什么要打公用电话，却还是说了一句：

“恭喜你啦。”

“什么呀……那是托您的福，好不容易……可是，您怎么知道的？”

“是栗本告诉我的。”

“栗本师傅？她怎么知道的？真是神通广大，这个人！”

“反正你也不会再见到她了。上一次，电话里还听到下阵雨的声音，是不？”

“嗯，您那么说过。那次也是，我搬到朋友家住，不知要不要通知您，一直拿不定主意。这次又是这样。”

“还是告诉我的好。我也是听栗本说了，正犹豫该不该给你道喜。”

“要真是从此各自东西的话，就太说不过去了。”

她的声音低到似无，很像她母亲。

菊治顿时语塞。

“也许我该销声匿迹……”

隔了一会儿又说：

“那间房间有六张席大小，也不算干净，是跟工作同时找到的。”

“唔？”

“大热天出来上班，够我累的。”

“可不是，再说又刚结了婚。”

“什么？结婚？您说的是结婚？”

“恭喜，恭喜。”

“怎么？我结婚？……真讨厌！”

“你结婚了吧？”

“您说的什么呀？我结婚？……”

“你不是结婚了吗？”

“哪儿呀。我现在还有心思结婚吗？家母刚那样去世没多久……”

“唔。”

“是栗本师傅说的吗？”

“是呀。”

“那是为什么呢？真不懂。您听了之后，就信以为真了？”

文子好像在对自己说话似的。

菊治忽然声音清朗地说：

“电话里说不清，见一下面好不？”

“好吧。”

“我到东京站来，你就在那儿等我吧。”

“可是……”

“要不，就在别处碰头也好。”

“我不愿在外面跟人约会，还是我去府上吧。”

“那么，我们一起回去吧。”

“一起回去，不又等于约会了吗？”

“要不要先上我公司来？”

“不，我一个人直接去。”

“好吧，我也马上回去。要是你先到，就请进屋坐吧。”

文子从东京站乘电车，可能会比菊治早到。但是，菊治总觉得能和她乘在一辆车上，所以在车站上一边走，一边在人群里寻她。

结果还是文子先到家。

听女佣说，文子在院子里，菊治便从大门旁边走进院子。文子正坐在白夹竹桃树阴下的一块石头上。

打千花子来过之后，四五天来，女佣天天趁菊治回家之前把花木浇好。院子里的那个旧水龙头还能用。

文子坐着的那块石头，底部看上去还湿乎乎的。倘若那株盛开的夹竹桃是茂密的绿叶，衬着红花，就会像是炎夏的花木，可是它开的是白花，便显得十分凉爽。朵朵鲜花轻摇慢摆，笼罩着文子的身影。恰巧她穿的是一件白布上衣，翻领和袋口都用蓝布滚上一道细边。

夕阳从文子身后的夹竹桃一直照到菊治的面前。

“你来了。”

菊治亲切地走上前去。

文子在菊治说话之前，张口似要说什么，结果只说了句：

“方才电话里……”

说着，两肩一缩，转身站了起来。她大概以为要不这样，菊治就会走过来，说不定会来拉她的手呢。

“因为您电话里那么说，我才来的。来打消……”

“结婚的事么？我听了都大吃一惊。”

“嫁给谁呢？”

说罢，文子垂下目光。

“这倒没听说。反正，听说你结婚，和听你说没结婚，两次都叫我很吃惊。”

“两次？”

“那可不是！”

菊治顺着石步向屋子走去，说道：

“从这里上来吧。你方才可以进房等我嘛。”

说着，便在廊子上坐了下来。

“前几天我旅行刚回来，正躺在这里休息，栗本跑了来。是个晚上。”

这时，女佣在屋里招呼菊治。大概是他离开公司前，打电话叫的晚饭送来了。菊治起身走进去，顺便换了一件白色细麻纱衣服出来。

文子似乎也重新搽了一下脸。等菊治坐下，便问道：

“栗本师傅她怎么说？”

“她只告诉我，听说文子小姐也结婚了……”

“你就当真了吗？”

“我没想到她会撒这个谎……”

“一点都不疑心？”

文子那双漆黑的眸子，转眼之间湿润起来。

“我现在能结婚吗？您想想看，我能那么做吗？家母和我吃了那么多苦，伤透了心，到现在还余痛在心……”

在菊治听来，仿佛她母亲还没有离开人世似的。

“家母和我生性轻信别人，相信人家总会了解我们的。难道这只能是一种梦想不成？这种事，只有自己知道……”

文子止不住掩泣起来。

菊治沉默有顷，说：

“你以为我现在能结婚吗？上次我对你说过，就是下阵雨那天……”

“打雷那天吗？”

“是的，今天倒反过来由你说了。”

“不对，那是……”

“你不也常常说我，快结婚了吧？”

“哪儿呀，您跟我可完全不同。”

文子眼泪汪汪，瞧着菊治说。

“您跟我不一样。”

“怎么不一样？”

“身份也不同……”

“身份？”

“是啊，身份不同。如果身份这词儿不恰当，那么，能不能说，是身世不光彩？”

“就说是罪孽深重吧……那恐怕是我吧？”

“不！”

文子使劲摇了摇头，泪水夺眶而出。有一滴眼泪竟顺着左眼角流到耳边。

“要说罪孽，早叫家母背着带进坟墓去了。不过，我倒不认为是罪孽。那只是家母的悲哀。”

菊治低头不语。

“罪孽也许不会消失，悲哀是会过去的。”

“然而，如果说成是你身世不光彩，岂不是令堂的死，也显得不那么光明磊落了吗？”

“那么，还是说成悲哀之深切的好。”

“悲哀之深切……”

菊治想说，也是因为爱得深切，但没有说出口来。

“除了这些，你又在和雪子小姐议婚，这也跟我不一样呀。”

文子似乎把话题拉了回来，接着说道：

“栗本师傅一直认为，是家母碍了你们的事。她说我结婚了，也是因为把我也看成是绊脚石。我看只能这么认为。”

“可是她说，稻村小姐也结婚了。”

文子顿时神情沮丧，却又说：

“骗人……她骗人！她一定又在骗人！”

接着又用力摇了摇头问道：

“那是几时的事？”

“稻村小姐结婚吗？大概是最近的事吧？”

“她一定又在说谎。”

“她告诉我，你们两个全结婚了，我更相信你或许真的结婚了。”

菊治低声说着：

“不过，雪子小姐倒真有可能结婚……”

“她胡说！哪有大热天结婚的。单穿薄薄一层衣裳，还汗流浃背哪。”

“这倒是。不过，难道夏天就没人举行婚礼吗？”

“嗯，差不多……当然，也不是绝对没有……一般婚礼总拖到秋天，或是别的时候……”

不知缘于何事，文子眼里又重新涌出泪水，滴落在腿上，她凝眸望着泪痕。

“可是，栗本师傅说这种谎，究竟为什么呢？”

“还真叫她骗着了。”

菊治也说。

然而，这件事为什么偏偏会勾出文子的眼泪呢？

至少，说文子结婚，现在已经证实是谎话。

至于雪子，也许当真结婚了，而千花子为了让菊治疏远文子，便连带说文子也结婚了。这种怀疑又涌上菊治的心头。

他心里总不大信服，甚至觉得，雪子结婚似乎也是子虚乌有的事。

“总之，雪子小姐结婚的事，究竟是真是假还没弄清之前，无法知道栗本是不是在恶作剧。”

“恶作剧？”

“就当她是恶作剧好了。”

“可是，今天我要不打电话，还不叫人以为结婚了吗？这个恶作剧，可太过分了点儿。”

女佣又来叫菊治。

不大会儿，菊治拿了一封信，从里面走出来。

“你那封信到了，没贴邮票……”

说着，便神情轻松地想要拆信。

“别拆了。不必再看了……”

“为什么？”

“不愿叫你看嘛，还给我吧。”

说着，文子跪着蹭过去，想从菊治手里抢过信来。

“还给我嘛！”

菊治倏地把手藏在背后。

正在这工夫，文子的左手一下按在菊治的腿上，右手伸着想去夺信。两手动作一乱，身体几乎失去平衡。看来快要倒在菊治身上，她用左手向后一撑，右手仍伸前去够菊治身后的信。这时，她身子往右歪了一歪，险些倒向前去，一边脸快碰到菊治的腹部。可她竟一机灵，躲闪开了。连她按在菊治腿上的左手，也只是轻轻地碰一下而已。这样一双柔软的手，怎能撑得住那向右歪又往前倒的上半身呢？

菊治看到文子要斜着倒下来的样子，顿时浑身紧张。却没料到她体态那么轻盈，差点儿失声叫了起来。他感到她是十足的女人，也不由得感觉出她的母亲——太田夫人。

文子是在什么时候闪开的身子？又是在哪一瞬间露出娇柔无力的样子的呢？那简直是不胜温柔，似乎是女性本能的一种奥秘。菊治还以为文子会重重撞过来，谁知她只是挨近前来，好似一阵温馨的香气扑面而过。

那香气好芳冽啊。夏日里，从早到晚出门工作的妇女，身上的气味总是很浓的，菊治嗅到文子的气味，好像也嗅到了太田夫人的气味。仿佛就是与太田夫人拥抱时的气味。

“哎呀，你还我吧！”

菊治顺从地给了她。

“撕掉算了。”

文子转向一旁，把自己的信撕得粉碎。脖子和露出的手臂都汗津津的。

刚才文子怕倒下去，身子一闪，脸色发青，等她坐正以后，才慌得满面飞红，大概就在那时出的汗。

三

附近馆子叫来的晚饭，都是千篇一律，毫无味道。

菊治面前，摆着那只志野瓷的直筒茶碗，是女佣照平时习惯，拿出来放在那里的。

菊治才刚发现，而文子一眼就看见了。

“哟，那只茶盅您都用上了？”

“嗯。”

“真糟糕。”

文子的声音，似乎还不像菊治那样难为情。

“送您这件东西，真有点后悔。这事，我那封信上还提了一笔哪。”

“说些什么？”

“也没什么，不过是表示一下歉意，送了这么一件微不足道的东西……”

“这可不是什么微不足道的东西。”

“并不是什么太好的志野瓷，连我妈平时也一直当茶杯用。”

“这我不懂，不过，这件志野瓷不是蛮好的吗？”

说着，菊治把直筒茶碗拿在手里打量。

“可是，比这更好的志野瓷多得很哪。您用这只茶盅，就会想到别的茶碗来，会觉得别的志野瓷更好……”

“我们家的志野瓷里，好像没有这种小茶盅。”

“府上没有，别处能看到呀。所以，您用这只茶盅，要是想起别的碗来，觉得那种志野瓷更好，家母和我都会伤心的。”

菊治喉咙里哼了一声，咽了口气，可嘴上却说：

“我跟茶道的缘分，差不多是断了，不会再看见什么茶碗了。”

“可是，难保您会在什么场合碰到呢？再说，好些的志野瓷，以前也总该见到过呀！”

“照你这么说，送人只能送最好的东西喽？”

“本来嘛。”

说完，文子索性仰起脸来，眼睛盯住菊治说：

“我是这么认为。在信上我还请您把它摔碎扔掉了事。”

“摔碎？把这只碗？”

文子逼视菊治，菊治只好支支吾吾地说：

“这件是志野古窑烧的，大概有三四百年历史了。当初也许是酒席上的用具，既不是饭碗也不是茶杯。后来当小茶盅用，恐怕也年深月久了。所以，古人才这么珍重，传了下来。说不定还有人出门时，放在茶箱里，带到远处去过。这么一件东西，你怎么能由着性子，便摔了呢！”

而且，据说碗口上还染有文子母亲的口红。

听文子说，她母亲告诉过她，口红沾在碗口边，擦也擦不掉。菊治拿到这只志野瓷碗后也发现，碗口上有一处显得略脏，洗刷不去。当然，那颜色并不像口红，是浅茶色的，隐约带点红，要说是口红褪了色，也未尝不可。但也可能是志野瓷本身就隐隐发红。再说，当茶碗使，嘴唇挨到的，常是老地方，所以，说不定文子母亲前面的物主，唇印还留在上面。不过，太田夫人平时一直当茶杯使，恐怕还是她用的最多。

菊治寻思过，当茶杯使，难道只是太田夫人自己的想法么？会不会是他父亲出的主意，让夫人这么用用看呢？

他还疑心，了入的那对黑红圆筒形茶碗，太田夫人似乎就用来代替茶杯，当成跟菊治父亲共用的夫妻碗。

让她把志野瓷水罐当作花瓶，用来插玫瑰和石竹，拿志野瓷的圆筒碗当作茶杯。从这些情节看来，父亲恐怕把太田夫人看作是美的化身了吧？

他们二人去世以后，水罐和圆筒碗，都转到菊治手里，现在文子也来了。

“这倒不是我逞着性子，真的，您把它摔了吧。”

文子说。

“送您水罐时，看您欣然收下，便想起另外还有一件志野瓷，就顺便送给您当茶杯用，可是，事后又觉得怪不好意思的。”

“这件志野瓷，恐怕不该当茶杯用，否则太可惜了……”

“但是，更好的还多得很哪。要是您用了这个，又惦着别的，那我会难过的。”

“你的意思是，只有最好的东西才能送人，是吗？”

“那也要分谁，看什么场合。”

菊治心里极为感动。

难道文子的想法，是在太田夫人的遗物中，凡是能使菊治忆及夫人和文子，或者使他能更亲切地感知她们的东西，都堪为珍品么？

文子期许，只有那无上的精品，才够资格做她母亲的纪念品。她这意思，菊治也全能领会。

那除了表明文子最珍贵的感情，还能是什么呢？眼前这个水罐，便是明证。

志野瓷那温馨冷艳的表面，使菊治联想到太田夫人的肌肤。可是，那上面却毫无罪孽的阴影和丑恶。难道因为水罐是珍品的缘故？

望着这珍贵的遗物，菊治深感，太田夫人在脂粉堆里是最高贵的妇女。而那无上的精品是没有一点瑕疵的。

下骤雨那天，菊治打电话给文子说，看到那水罐，便很想见她。因为是在电话里，他才敢这么说。因为听他这么讲，文子才说还有一件志野瓷，于是便把这只圆筒碗给他送到家里来。

不错，这只圆筒碗大概不如水罐那么名贵。

“家父好像有一只出门用的茶具箱……”

菊治想了起来，说道：

“那里面的东西，准比这件志野瓷要差。”

“是什么样的碗？”

“那我倒没看见过。”

“能叫我看看么？一定是令尊的那个好。”

文子说。

“要是比令尊的那个差，这件志野瓷就可以摔碎了吧？”

“很难说。”

饭后吃西瓜时，文子一面灵巧地剔瓜子，一面催促菊治，要看那只茶碗。

菊治吩咐女佣去打开茶室，然后走到院子里，打算去找茶具箱，可是文子也跟了来。

“究竟放在哪儿，我还不知道，栗本倒比我清楚……”

菊治转过头来说。那株夹竹桃白花吐艳，文子正站在盛开的花阴之下，只看到树根那里，露出她那双穿了袜子、套着木屐的脚。

茶具箱放在水房里的搁板上。

菊治把箱子搬进茶室，放在文子面前。文子以为菊治会替

她打开，便端端正正坐等在那里，过了一会儿才伸出手去。

“那么我就打开了。”

“积了这么多灰尘。”

文子刚解开外面的包装，菊治便站起来，把箱子拎到廊子上，把灰尘掸到院子里。

“水房的架子上，有只死知了，都长了蛆了。”

“这间茶室倒挺干净。”

“是么？前几天，栗本刚来打扫过。她那天来，就是为了告诉我，你和稻村小姐都结婚了……因为是晚上，可能连知了也给关进了屋里。”

文子从箱子里取出一个茶碗包，弯着腰，解碗袋上的带子，手指还微微发颤。

菊治从侧面看过去，她那浑圆的肩膀向前耸着，颈项修长，尤其显眼。

微微翘起的下唇，抿得紧紧的，连同毫无装饰的耳垂，显得楚楚动人。

“这是唐津瓷呀。”

文子仰起脸来，望着菊治说。

菊治也坐到了跟前。

文子把碗置于席上，说：

“这碗可真好。”

这是一只直筒形的唐津瓷小茶盅，也可以当普通茶碗用。

“又敦实，又气派，比那件志野瓷好多了。”

“拿志野瓷和唐津瓷相比，恐怕不合适吧？”

“可是，摆在一起，一看就知道的呀。”

菊治也给唐津瓷的魅力吸引住了，便把它放在腿上打量着。

“那就把那件志野瓷拿来比比看？”

“我去拿。”

说着，文子便站起来，走了出去。

她把志野瓷和唐津瓷两只碗并排摆好，两人不由得对看了一眼。

随后，视线又同时转向茶碗。

菊治慌忙说：

“这里，一只是男茶碗，一只是女茶碗嘛。这么并排一看……”

文子似乎说不出话来，只点了点头。

菊治也觉得，自己的话有点离奇。

唐津瓷上没有花纹，完全是素色的，黄里透绿，还带点绛紫。形制刚健有力。

“出远门也带着，可见令尊喜爱的程度。这只碗简直好比是令尊本人呢。”

文子说了句危险的话，可是自己并没意识到。

然而，对那只志野瓷，菊治却不能说好比是文子的母亲。因为，摆在那里的两只碗，就如同菊治父亲和文子母亲的两

颗心。

三四百年前的茶碗，形态朴质纯正，不会引人作病态的遐想，但却充满生命力，甚至还带点官能的刺激。

把自己的父亲和文子的母亲看成两只茶碗，在菊治的意念中，摆在面前的两只茶碗，仿佛就是两颗优美的灵魂。

茶碗本身是现实的，而现实中自己与文子围着茶碗，相对而坐，使人觉得也是纯洁无瑕的。

太田夫人头七后的第二天，菊治曾对文子说过，两个人这样相对而坐，说不定有点过分，但是，纯洁无瑕的碗面，难道能打消对罪恶的恐惧么？

“真美呀。”

菊治一个人在自言自语。

“我父亲并非雅人，却爱摆弄茶碗之类的东西，或许就是为了麻痹他的罪孽之心吧？”

“看您说的。”

“不过，看着这只碗，却不会想到原来物主的坏处。人寿几何，我父亲的寿命竟只有这件传世茶碗的几分之一……”

“死亡就在我们脚下，真可怕！虽然我们脚下就是死神，却又不能总是这样，叫家母的亡魂把自己给缠住，我也曾想法要解脱来着。”

“可不是嘛，要是叫死人给缠住了，自己就会觉得好像也不是这世上的人似的。”

菊治接口说。

这时，女佣把铁壶等点茶家什拿了进来。

她大概以为，菊治他们在茶室待了这么久，准是要用开水点茶了。

菊治劝文子就用眼前这对唐津碗和志野碗，照旅行的方式点一下茶。

文子柔顺地点点头，说：

“为了惜别，在摔碎家母这件志野瓷之前，就当作茶碗用一次吧。”

于是，从茶具箱里拿出茶刷。到水房那里去洗干净。

夏日尚未向晚。

“权当是旅行好了……”

文子在小茶盅里，一面搅小茶刷，一面说。

“旅行的话，是住在什么旅馆里吗？”

“不一定非住旅馆嘛，或者在河畔，或者在山巅。咱们好比用山谷里的溪水点茶，对了，方才要是用冷水，也许更好……”

文子从茶盅里拿出茶刷，抬起漆黑的眸子，瞟了菊治一眼，这时手上正在转动那只唐津碗，目光立即收了回来，看着手上。

接着，把茶碗挪过去，眼波也移到菊治的膝盖前。

菊治觉得，文子人仿佛也跟着流了过来。

这回文子把母亲的志野碗放在自己面前，茶刷子碰在碗边上窸窣作响，于是便停住手说：

“真难弄。”

“碗太小，不好搅吧？”

菊治虽这么宽慰她，文子的手依旧在哆嗦。

手一停，茶刷便在小茶盅里搅不开了。

文子凝视着自己发紧的手腕，垂下头一动也不动。

“家母不让我点茶呢。”

“噢？”

菊治霍地站了起来，好似扶起一个被咒语定住的人似的，抓住文子的肩膀。

文子没有拒绝。

四

菊治不能入睡，等到挡雨板的缝隙里露出一线曙光时，便向茶室走去。

院子里洗手的石钵前，地上还留着志野瓷的碎片。

拿四块大碎片在手上对起来，刚好成茶碗形，只是碗边上有个缺口，有拇指那么大。

他想，残片可能还在，便在石头当中找起来。可是，立即便停住了。

抬眼望去，东边的树林中间，有一颗很大的星星在熠熠发光。

启明的晨星，菊治已有几年没看见了。一面思忖，一面站起来，看到一片浮云正遮在天空。

星光从云中灿然四射，那颗星显得格外大。晨星的边缘，好似水汽淋淋的。

晨星如此清新明丽，自己却在捡茶碗的碎片，往一起对拢，菊治不由得自怜自叹起来。

于是，把手中的碎片又随手丢在那里。

昨天晚上，菊治来不及拦阻，文子便把茶碗朝石钵上摔去，顿时碎成几片。

菊治当时没有留意，文子悄悄走出茶室时，手上拿着茶碗。

“啊！”

菊治失声叫了起来。

茶碗的碎片散在黑乎乎的石缝中，菊治顾不得去捡，径自跑去扶住文子的肩膀。因为文子蹲在那里，把碗摔碎后，身子便向石钵倒了过去。

“会有更好的志野瓷的！”

文子喃喃地说。

难道菊治拿更好的志野瓷作比较，伤了她的心么？

后来，菊治辗转难眠的时候，愈来愈觉得文子这句话，充满清幽哀怨的韵味。

等到院子里出现曙色，他便出去看那摔碎的茶碗。

可是，因为看见了星星，便把刚拾起的碎片又扔掉了。

于是，他又抬眼望天。

“啊！”

菊治叫了出来。

星星不见了。他瞅了瞅扔掉的碎片，就在这一瞬间，启明星躲到云彩里去了。

菊治怅然若失，向东边天际凝望了半天。

云层看着并不太厚，却找不到星星的踪影。天边被云彩遮断，挨着市街的屋顶上，淡淡的一道红，愈来愈深了起来。

“扔在这儿也不行。”

菊治一个人自言自语，把志野瓷的破碗片又捡了起来，揣进睡衣的怀里。

要是这样扔掉不管，未免令人心疼。而且，也怕栗本千花子来了兴师问罪。

文子大概经过深思熟虑，才下决心摔的，所以，这些碎片菊治也不打算保留，准备埋在石钵旁边。临了，他又把碎片包在纸里，放进壁橱，然后，钻进被窝里躺了下来。

文子究竟怕菊治拿什么东西同这件志野瓷比较呢？

她这种担心是怎么来的呢？菊治有些纳闷。

何况，昨夜今晨，他压根儿就没想过，要将什么人同文子比较。

对菊治来说，文子已是无可比拟、至高无上的存在，是他命运的主宰。

以前，菊治无时无刻不记着，文子是太田夫人的女儿。而现在，他似乎忘了这些。

母亲的身体妙不可言地转移到女儿身上，菊治曾神魂颠倒地做过不少梦，如今反倒消失得无影无踪了。

很久以来，菊治一直给罩在一道又黑暗又丑恶的帷幕里，现在他终于钻了出来。

难道是文子那纯洁的苦痛，超度了菊治？

文子没有拒绝，只是纯洁本身在抵抗。

这正可以看作，文子沉入咒语和麻痹的深渊之中，而菊治正相反，反倒从咒语和麻痹中解脱了出来。就好比一个中毒的人，最后服了极大量的毒药，反而出奇制胜，以毒攻毒。

菊治一上班，就给文子挂了个电话。听说她在神田那里的一家呢绒批发店做事。

文子还没来上班。菊治因睡不着觉老早就出门了，文子难道一大早还在睡懒觉不成？菊治想，她或许是害羞，今天就待在家里不出来了？

下午又打了一个电话，文子仍然没有上班，菊治便向她店里的人打听她的住址。

她昨天的信里，该是写有搬家后的新住址。可是文子连信封一起撕掉，塞进衣袋里了。吃晚饭的时候，谈到她的工作，菊治这才记住呢绒批发店的店名，可是却忘记问她的住址了。因为文子的住处似乎已经移到菊治的心里了。

菊治下班后，找到文子租赁的那间房子，在上野公园的后面。

然而，文子不在家。

一个十二三岁的女孩，好像刚放学回家，穿着水兵服，走出门来，又进屋问了一下，才出来说：

“太田小姐今早晨说，要跟朋友出去旅行，不在家。”

“去旅行？”

菊治反问了一句。

“已经出门旅行去了？今天早晨几点走的？她说到什么地方去？”

女孩子又折回屋里，这回离远了回答说：

“不大清楚，因为我妈不在家……”

她回话时，一副害怕菊治的样子。这是个眉毛很稀的女孩子。

菊治走出大门，回头看了一眼，却猜不出哪间是文子的房间。这是栋不大的二层楼，还有一方很小的院子。

“死神就在我们脚下。”想起文子这句话，菊治的腿都软了。

他掏出手帕来擦脸。每擦一把，就好像擦去一层血色，可他还是使劲地擦。手帕擦得又脏又湿，背上陡然出了冷汗。

“她不会去死的。”

菊治对自己说。

文子给了菊治重新生活的勇气，当不至于自蹈死地。

然而文子昨天的一切，不正表示她一心想死么？

或者说，她怕自己跟母亲一样，是个罪孽深重的女人？

“就让栗本一个人活在世上好了……”

菊治仿佛对着假想的敌人，出了一口恶气似的狠狠说道，然后朝公园的林阴深处急步走去。

碧波千鸟

碧波千鸟

一

来热海站接他们的汽车已经开过伊豆山。不大会儿工夫，像画圈似的朝海边驶去，然后开进旅馆的庭院。大门上的灯光愈来愈近，朝敞开的车窗倾泻进来。

等在门口的总管打开车门，问道：

“是三谷夫人吧？”

“是的。”

雪子小声答道。因为汽车横在门口，雪子的座位靠近大门，不过，今天刚举行婚礼，称她三谷夫人，恐怕还是头一回吧。

雪子略一迟疑，便先下了车。回身看着汽车里面，等候菊治。

菊治脱鞋的时候，总管说：

“房间安排在茶室，是栗本师傅来电话吩咐的。”

“什么？”

菊治一屁股坐在低低的木板地上，女佣慌忙拿了坐垫过来。

千花子从心口窝直到乳房上的那块痣，恍如恶魔的手印，浮上菊治的脑际。他正低头解鞋带，一抬头，仿佛看见了那只黑手。

去年，菊治卖掉房子，把茶道用具一股脑儿处理掉了，打那以后就没再见过千花子。照理关系已经疏远，可是，同雪子的婚事，难道她的魔手仍旧操纵着不成？连蜜月旅行住什么房间都要来指手画脚，实在料想不到。

菊治看了看雪子，总管的话，她似乎并不在意。

两人从门口给带到长廊，朝海的方向走去。也不知要下到哪里，仿佛钻进一条狭窄的隧洞。这条细长的水泥通道上，有几处台阶，半路上，厢房的客厅像只和服袖子，与长廊相连。接着，一直走到尽头，才是茶室的后门。

进了八张席的大间，菊治正要脱外套，觉得雪子在身后接了过去。

“啊！”

菊治低低吭了一声，回过头去，只见雪子俨然初为人妻的举止。

桌子脚下，砌着点茶用的地炉。

“三张席那间茶室，正坐着茶釜……”总管放下两人的行李说，“虽说没什么太好的茶具。”

菊治惊讶地说：

“那儿还有间茶室？”

“是，连这间大的也算上，一共四间。跟原先横滨的三溪园是一个格局，照原样迁过来的。”

“唔？”

不过，菊治一点摸不着头脑。

“太太，那边是茶席，随时请用……”总管对雪子说。

雪子正叠自己的外套。

“回头再看吧。”

说着站了起来。

“哟，这海好美呀！船上还点着灯呢。”

“那是美国军舰。”

“美国军舰能开进热海吗？”说着，菊治也走过去看。“是小军舰喔。”

“竟有五艘呢。”

军舰的中间，悬挂着红灯。

热海市街的灯火给海隅一角遮住，只看到锦浦那一带。

女佣斟上茶后，总管说过几句客气话便一起告退。

两人闲看了会儿夜空下的大海，然后回到火盆边。

“真可惜！”

雪子说着，拉过皮包，掏出一枝玫瑰，把压扁的花瓣理好。

在东京站动身时，大概雪子觉得抱一大束花乘车羞答答的，便交给送行的人，这是给她留下的唯一的一枝。

雪子把花搁在桌上，看到桌上的贵重物品保管袋，便问：

"你看怎么办?"

"是贵重物品么……"菊治手上正拿着那枝玫瑰,便问道,"还是玫瑰?"

雪子看着菊治。

"不,我的贵重物品太大,既不能装进袋里,也不能交别人保管。"

"为什么?"说完,随即会意,便道,"我的也不能交给别人。"

"在哪儿?"

是雪子不好意思指菊治?

"这儿……"

她看着自己的胸脯,再也抬不起头来。

听见对面茶室里,茶釜的水咝咝在滚。菊治问道:

"看看茶室吧?"

雪子点了点头。

"说真的,我不太想看。"

"不过,人家特意预备的……"

从茶室后门进去,雪子照规矩先看壁龛。可是菊治,却立在门口的席子上,一吐心中的怨气:

"你说人家特意,还不是栗本叫预备的!"

雪子转身坐到茶炉前。正是点茶的位置,膝盖冲着炉子,端坐不动。那姿态像在等菊治说什么。

菊治也膝盖凑近炉子坐了下来。

“本来不愿意提这事，方才在门口，一听见栗本两字，我就一激灵。我的罪孽，我的悔恨，全都与她有关……”

雪子似颔首同意。

“现在栗本还常去你们家么？”

“去年夏天，被我父亲发了一顿火，就很久没再来……”

“去年夏天？她告诉我说，雪子小姐已经结了婚了！”

“哟！”

雪子也想了起来，说道：

“准是那个时候，师傅又来提另一门亲……父亲大发雷霆，他说：一个媒人只提一门亲。一门不成又提一门，对我女儿来说，太岂有此理了。不要再来愚弄人！事后寻思，真得感谢父亲。能嫁给你，也全靠父亲的力量。”

菊治默然不语。

“师傅她也不肯认输，说什么三谷少爷中了邪了。还讲了些太田夫人的事。好讨厌哟，我当时浑身直哆嗦。既然这么讨厌，为什么竟止不住要打战呢？过后一想，才明白，原来我还是愿意嫁给你。可当时，在父亲和师傅面前，浑身哆嗦，伤心极了。也许父亲看到我的脸色，便说，要么凉水，要么热水，都好喝，不冷不热的温吞水则最难喝。我女儿既经你介绍，认识了三谷少爷，她自己会做出判断的。说完便把师傅撵走了。”

大概是管浴室的人来了，往浴缸里哗哗放水。

“虽然心里难过，可我自己做出了判断，所以，对师傅的事用不着放在心上。现在我坐在这儿点茶，也没把这当回事。”

说完，雪子仰起脸来，一双美目映着小小的电灯，连绯红的两颊和丰唇看着也都十分明丽。从这张光艳照人的面庞上，菊治感到一种极其可贵的至亲至爱之感。碰到这美人儿的热情，浑身会漾起一缕柔情，真是不可思议。

“因为你系的是一条石菖蒲的腰带，所以，应该是去年五月吧。那次你上我家茶室来，我觉得你永远是个可望而不可即的彼岸之人。”

“因为你当时那副模样，像有什么伤心事似的。”雪子微微一笑，“你倒还记得那条石菖蒲的腰带？已经放在行李里，运回家去了。”

雪子对自己和菊治，都用了“伤心”一词，不过，雪子伤心之时，正是菊治两眼冒火在寻找文子的下落的时候。菊治没有想到，会收到文子从九州竹田镇寄来的一封长信，随即便赶到竹田。然而，时隔一年半，直到今天也不知道文子的去向。

信写得情意绵绵，劝菊治忘掉她们母女，同稻村雪子小姐结婚为好。那封信遂成了文子同菊治的诀别信。永远在彼岸，似乎雪子与文子对换了位置。

此刻，菊治仍在思忖，永远是个彼岸之人，想必在现世是不存在的吧？这句话恐怕也不宜随便乱说。

二

回到八张席的大房间，桌上摆着一本相册，菊治翻开一看，说：

“噢，原来是这茶室的照片呢。我还以为是来蜜月旅行的相册哩，倒没想到。”转向雪子说。

相册的扉页上附了一份茶室的简介——此寒月庵曾为江户十大官员之一的河村迂叟之茶室，后移至横滨三溪园。因遭空袭，顶塌墙倒，门毁地陷，荒废朽蚀，其状不堪一睹，故于最近移至旅馆庭院之内。因系温泉旅馆，除增设浴室外，其余格局悉同前构，充分利用可用之原材料。战后初期，因燃料不足，近邻街坊将倾圮的木料当作柴薪，所以廊柱上尚留有柴刀劈砍的痕迹。

“这上面还说，大石内藏助[①]还曾游过寒月庵呢……”

---

① 大石内藏助（1659—1703），又名大石良雄，江户前期武士。

雪子一边读一边说道。

因为迂叟经常出入赤穗藩，他所持有的荞麦茶碗“残月”流传了下来，称作“河村荞麦”。茶碗的一侧是薄胎绿釉，一侧是薄胎黄釉，景色各殊，题款为“晓空残月”。

有几帧照片，有三溪园茶室被炸毁的情景，后面依次是迁移、从动工到落成，举行庆祝茶会的盛况。

倘若大石良雄来过，那么，寒月庵至迟应建于元禄年间。

菊治向房间四下打量了一番，几乎全部用的是新木材。

“方才那间小茶室的壁龛，柱子像是原来的。”

两人在三张席小茶室的工夫，女佣来关挡雨板，茶室的照片，大概就是那时放在桌上的。

雪子一边翻来翻去看照片，一边说：

“你不换换衣服么？”

“你呢？”

“我好在是和服，不换了。你去洗澡时，我把人家送的礼物、点心拿出来。”

浴室里弥漫着一股新木材的清香。从浴槽到冲澡板、墙壁以及天花板，木板的颜色显得柔和，还带着美观的直条木纹。

听得见女佣走下长廊的说话声。

菊治走出浴室，雪子不在房内。

八张席的大房间里已铺好被褥，桌子也靠到一边。想是女佣来铺床时，雪子躲到方才那间小茶室里去了。

“炉子里的火就这样不管它行吗？”

从对面屋里问。

“行吧。”

听到菊治回答，雪子立即走了过来，眼睛似乎不知往什么地方看才好，便看看菊治说：

“舒服吗？”

“这个？”

菊治换上了旅馆的棉和服，还套了一件外褂，他看了看身上说：

“去泡一下吧，水正合适。”

“好吧。”

雪子到右边一间三张席的小房间里，从旅行箱里掏东西，然后又拉开八张席大房间的门坐了下去，把化妆包放在身后的走廊上，不知为什么手扶在席子上，红着脸，略施一礼。然后摘下戒指，放在梳妆台上便走了出去。

这一施礼，有点出人意料，菊治险些“啊”的一声叫了出来，感到雪子楚楚可怜。

菊治站起来去看雪子的戒指。结婚戒指没去动，只是捏着那粒墨西哥蛋白石坐回火盆旁。在灯光下一照，宝石里面红的、黄的、绿的，点点光亮，璀璨辉煌，动一动，一忽儿消失，一忽儿又闪现。透明的宝石里，小火球一闪一灭，把菊治看呆了。

雪子走出浴室，进了右边那间三张席的小茶室。

八张席的大茶室左手，隔着一条很窄的走廊，有两个小茶室，一间铺三张席，一间铺四张半席，右手也有一间三张席的小茶室，女佣把两人的皮箱都放进右手那间。

听动静，雪子似在那儿叠和服。

“我把门拉开点好吗？怪害怕的。”

说着起来把八张席的大间与三张席的小间当中的门拉开一尺来宽。

菊治也发现，这儿离正房有两三丈远，偌大一栋房子只有他们两人。看着照到雪子那里的亮光说：

“那儿也是茶室吗？”

“是的。是叫‘圆炉’吧？垫板上安着圆的铁炉……”

听着雪子回答的时候，只见拉门边上，她叠的那件和服衬衣的下摆在翻动。

“千鸟……”

“是呀，千鸟是冬天的鸟，所以绘在衣服上。”

“是碧波千鸟啊。”

“碧波千鸟？是飞翔在碧波上的千鸟。”

“是叫夕波千鸟吧？有一首和歌[①]写道：夕波千鸟，汝也

---

① 即《万叶集》第266首，柿本人麻吕所作：淡海之湄，夕波千鸟，汝也嘈嘈，使我心槁，为思古老。参见钱稻孙译《万叶集精选》，中国友谊出版公司1992年版。

啱啱……"

"夕波千鸟……把飞翔在碧波上的千鸟，称作碧波千鸟的么？"

雪子慢条斯理地说着，绘着千鸟的下摆倏地给叠了起来，看不见了。

三

是因为汽车经过旅馆上方的隆隆声，菊治才霍然醒来的吗？

听起来，比天刚落黑的时候，车轮隆隆声显得更近，汽笛声也越发高亢嘹亮，由此可以推知还在夜半时分。

声音并没响到足以把人震醒，自己还是被惊醒了，菊治对此并不觉得奇怪，奇怪的倒是自己居然能够睡着。

因为他比雪子先入睡。

现在，听着雪子那平静均匀的鼻息，心里多少感到一些宽慰。

她是因婚礼前后的劳累而沉入梦乡的吧？临近婚期，菊治因彷徨与悔恨而夜夜失眠，雪子她必也有过不眠之夜的。

雪子能睡在自己身旁似乎是不可能的事，但她特有的那缕缕幽香，却氤氲在枕畔。

也不知是什么牌子的香水、雪子身上的幽香、她的鼻息、还有她手上的戒指，以至衣裙上碧波千鸟的图案，菊治觉得这一切都是属于自己的，那份亲切感，直到夜半不安中醒来仍未消失。他头一回感受到这种情感。

但是，菊治却没有勇气打开灯去端详雪子，只拿起枕旁的手表，到洗手间去了。

“五点过了？”

菊治自感，对于太田夫人和她女儿文子，都顺乎自然，毫无抵触，何以对雪子会异常到极端的地步？是良心的挣扎？是在雪子面前自惭形秽？抑或是太田夫人和文子还牢牢地缠住菊治不放？

照栗本的话来说，太田夫人简直是狐狸精，今晚的房间等于是千花子指定的，这使菊治不免有些抵触，感到不快。

就连雪子穿了一身没穿惯的和服出来旅行，他也疑心是千花子指使的。

“旅行怎么不穿西装？”

临睡之前，菊治还有意无意地问起过。

“就今儿个穿一天。都说穿西装有点煞风景，而且，乍认识你时，两次都是在茶室，穿的和服。”

菊治没问是谁说的。他转念一想，是雪子为了蜜月旅行才让绘上千鸟花样的。

“方才说的夕波千鸟那首和歌，我很喜欢。”菊治掩饰地说。

“是首什么和歌？”

菊治把人麻吕的诗，急急念了一遍。

他的手轻轻地抚摩着新娘的后背。

“啊，真是好福气。”

他不由得说道，他又怕吓着雪子，尽可能地温柔。

即便凌晨五点醒来，在不安与焦虑之中，菊治依然强烈地感到雪子的可贵。她那轻轻的鼻息，幽幽的香气，足以让他感到甜蜜温馨，好似得到了宽宥。那也许是种自我陶醉，然而，惟有女人才能给罪大恶极之人以宽宥，他有幸得到了。是一时的感伤，还是自我麻醉？很难说。但却是从异性那里获得的救赎。

菊治心想，哪怕明天便和雪子分手，他也会一辈子都感激不尽的。

内心的不安和焦虑一旦缓解，菊治反而感到有些凄然。雪子她也曾因不安和难下决断而惶惑过吧？可是，菊治却不敢叫醒雪子，重新拥抱她。

涛声时时可闻，以为天亮前不会再睡，不料又酣然睡去。再次睁眼一看，灿烂的阳光已照到纸拉门上。雪子却不见了。

菊治一惊，难道是逃回去了么？已经九点过了。

打开拉门，看见雪子正坐在草地上。抱着两腿，望着大海。

“我睡懒觉了。你几时起来的？”

“七点多钟。像是总管来烧开水，就醒了。”

雪子回过头来，羞红了脸。今天早晨换了西装，昨夜的红玫瑰别在胸前。菊治顿觉安然，松了一口气。

“这朵玫瑰倒还没蔫掉。”

“昨晚洗澡时，我给插在洗手间的玻璃杯里了。你没发现？”

“没发现。”菊治说，“洗过澡了吗？”

“洗过了。先起来，无处可待又无事可做，只好轻轻打开挡雨板出来。在这儿一看，美国军舰正往回开呢，说是晚上来玩，早晨回去。”

“军舰来玩？真奇怪。”

“是这儿扫院子的人说的。”

菊治打电话告诉账房他已起床。洗过澡之后，也来到草地上。天气暖和得不像是十二月中。吃过早饭，他们坐在朝阳的廊下。

大海闪着银光，极目望去，粼粼波光随时间而推移。伊豆山到热海一带，岩礁累累，像小小的岬角一样。浪拍岩脚，波光也时时变幻。

“亮得就像星光闪烁。就是这下面的海，那儿！”雪子指着海上说，“简直像是星彩蓝宝石……”

眼下的海面，是一片光亮，俨若星光，明灭不已。点点光辉，此起彼伏。因为离得近，波光一道道，看着是分开的，而在远处，则波光如镜，一片星光粲然。但是，凝目望去，远处的波光依然也在涌动。

茶室前有一块狭窄的草地，走下去，见草坪一端的夏橘，枝头上也已锦色斑斓。直到海滨，是一片缓缓的斜坡，松林傍水而立。

“昨晚，仔细看了一下你戒指上的宝石，真是美极了……”

“这是波光，而波光也犹如蓝宝石上的星彩，最像钻石光了。”

雪子看了一眼手上的戒指，又凝望着大海。

一来景色恰好宜于讲讲宝石之类的话题，再说，这是他们二人共有的时光。但是菊治心里有事，无法陶醉于眼前的幸福。

菊治把父亲的房子卖掉了，就算把雪子领回自己简陋的家也无妨，但是，要谈起那儿的新家庭，菊治的心思却还不能真正进入婚姻生活。何况，谈彼此的往事，不提太田夫人、文子或是栗本，那简直是自欺欺人。所以，菊治绝口不提两人的日后或是过去，只谈眼前的现实。

雪子心里又是如何想的呢？阳光下，她的面庞娇艳照人，毫无芥蒂的样子，难道是对菊治的眷顾与怜恤么？抑或是铭感新婚之夜，受到菊治的体贴照拂？

菊治有些待不住，想要动一动。

在这家旅馆，订了两个晚上，所以，午餐他们便到热海宾馆去用。餐厅的窗畔，立着破残的芭蕉叶子，对面有一丛铁树。

“小时候，父亲曾带我来这儿过年。可是铁树竟跟那时一点没变样。”

说着，雪子转过脸去打量面海的庭院。

“我父亲也常常上这儿来。那时，我倘若跟着来，说不定能遇见小雪子呢。”

“不，那不好。”

“小时遇见了，岂不是很有趣么？”

“小时遇见了，没准儿结不成婚了。”

“为什么？”

“因为我小时候好像挺聪明伶俐的。”

菊治笑了起来。

“父亲常说我：你小时候挺聪明的，可越长越笨了。”

从雪子的片言只语中，菊治也能想象得出，在四个兄弟姐妹当中，她父亲对她是何等的钟爱与喜欢。如今一双聪明伶俐的眸子依然闪着光辉，还留着小时候的面影。

四

从热海宾馆回来，雪子立即给母亲打电话。其实并没什么话要说。

“母亲问怎么啦，不放心呢。你要说两句吗？”

“不了，请问个安吧。”

菊治随口推辞了。

“是吗？”

雪子回头望着菊治，又说：

“母亲问你好，要你多保重……”

电话在房间里，雪子无意背着菊治去诉苦，菊治从一开头就明白。

然而，有什么事可让雪子的母亲担心的呢？难道是出于女人的直感吗？是因为蜜月旅行的第二天，新娘就给娘家打电话的缘故？一个电话竟能让新娘的母亲感到吃惊？菊治虽然无从知道，但是，再一想，新娘倘被丈夫缠住，感到难为情，恐怕是不会打电话的。

四点过后，有三艘美国小型军舰开来。网代那边，远远的天空，有些许淡淡的云彩，淡得已经化作一片云霭。暮色溶溶，宛如春天一般的海面上，军舰正缓缓驶来。运载的即使是饥饿的情欲，那三艘军舰看来也像是静静的模型。

“军舰果真是来玩的。”

“今早我起来时，看见昨晚的军舰正在往回开。”雪子说，“因为闲来无事，就一直目送到老远老远。”

“你坐等了两个来小时，等到我起床？”

“感觉好像更长。待在这里，奇怪得很，觉得好快活。我心想，等你起来了，有很多很多话要同你说……”

“什么话呢？”

“都是不着边际的话……”

天还很亮，开来的军舰已经点上灯了。

“我为什么嫁给你？你是怎么看的？要是能告诉我，该多好玩啊！这些事，也想跟你说说。”

“嗯，这并不是我怎么看的问题。”

“那倒也是。不过，这丫头为什么要嫁给我呀？要是追究起来，岂不挺好玩么？反正我很快活。可是，你说我永远是个可望而不可即的彼岸之人，为什么会这样想呢？”

“去年，你来我家茶室时用的香水，现在用的还是同一个牌子吧？”

“是啊。”

“就在那天，我觉得你永远是彼岸之人。”

“哟，你不喜欢这香水味？”

“不是的。第二天，觉得茶室内你的余香还在，还特地跑过去闻了闻……”

雪子惊愕地看着菊治。

“就是说，我当时想，雪子永远是一个可望而不可即的彼岸之人，自己非断念，死了这份心不可。”

“你这么说，我太难过了。你是因为别人才这么说的……你的心思我知道，但我现在，只想听你为我说的话。”

“那就是向往。”

“向往？”

“是吧。断念与向往，我想二者兼而有之吧。”

“你说向往，这让我吃惊。不过，我自己也曾断过念，也许正意味着我也曾向往过。可是，却没想到断念或是向往之类的词儿。”

“向往可能是对罪人而言……”

“又提别人的事！”

“不，不是的。”

“没什么。我甚至也想过，可能会喜欢上一个有妇之夫。”雪子的一双明眸闪闪生辉。“不过，说什么向往，我有点儿害怕。别再说了吧。”

“是啊。昨晚，觉得连你的气息都已属于我，真是不可思议……”

“……”

“但是，那种向往之情仍未消失。”

“马上就会失望的。”

“绝不失望！”

菊治断然说道。因为他对雪子怀有深切的感激之情。

雪子猛地大受感动，情不自禁地用力说：

“我也绝不失望！我发誓！”

然而，再过五六个小时，雪子岂不是马上就要失望了吗？就算雪子还没有失望，止于疑惑，可是菊治焉能不对自己失望，不对自己感到寒心？

菊治不仅因为害怕这个，他一直说话，睡得比昨夜还迟。雪子也比昨夜更为亲密地应对。说得起劲时，轻松随意地泡上壶粗茶。

菊治在浴室剃光胡子过来，在抹润肤霜时，雪子也靠在梳妆台旁，用手指挑了点菊治的润肤霜说：

“父亲用的，一向是我买的……”

“那我也用同样牌子的吧？”

“还是不同牌子的好。”

今晚，她又把睡衣放在腿上，依然低头施了一礼，去洗澡了。

“晚安。”

说着，手轻轻地扶在席子上，然后，理理下摆，灵巧地钻进自己的被窝。举止间，洋溢着少女之态，那么纯洁无瑕，令菊治为之心动。

不大会儿工夫，在黑暗中，菊治闭着颤颤的眼帘，竭力去回想，那时文子没有拒绝，只是纯洁本身在抵御的情景。这是卑鄙而下流的挣扎。在胡思乱想中，借蹂躏文子的纯真，以羞辱雪子的贞洁。好恶毒的念头呀。但雪子纯洁无瑕的举止，虽然让菊治痛苦不堪，但诱发他对文子的思念，却是不争的事实。

而且，对文子的忆念中，菊治禁不住想起太田夫人那女人的热潮来临时的情景。那是咒语的魔力？抑或是人的本性？不论如何，夫人死了，文子不知去向，然而，倘说她们两人但有爱而无恨的话，那么，如今置菊治于惨境，令他惶惶而不可终日的，究竟又是什么呢？

菊治悔恨自己曾陶醉于太田夫人那女人的热潮之中，现在，他身子里面，真像有什么东西麻木不仁了似的，甚感恐惧。

蓦地，听见雪子的秀发擦着枕头的声音。

“说说话儿吧。”

听她一说，菊治的心扑通一跳。

难道是罪人之手轻轻抱住了圣处女么？菊治猛然间感到一股热泪涌上眼角。

雪子温柔地把脸靠在菊治的胸脯上，隔了一会儿低低啜泣起来。

菊治压低了发颤的声音说：

“怎么回事，伤心了？”

“没有。”

雪子摇了摇头。

“本来就非常喜欢你。可是从昨天起，越发喜欢你了，所以就哭了。”

菊治的手抚着雪子的下颏，将嘴凑了过去。也不再去掩饰自己的眼泪。瞬息之间，对太田夫人和文子的胡思乱想，消失得踪影皆无。

同纯洁无瑕的新娘，过几天清清白白的日子，难道不可以吗？

五

第三天，海上依旧晴暖，雪子先起身，梳洗打扮完毕。

雪子今早听女佣说，昨晚来这家旅馆度蜜月的，共有六对新人。只因茶室偏远，靠近大海，听不见多少人声。唱机里小提琴伴奏的歌声也传不到这里。

不知日光是怎么回事，今天直到下午也不见波光闪闪。昨天，还灿若星光的下边的海面上，今天，出现了七艘渔船。开在前头的是艘哒哒响的小汽艇，后面拖着六条船。六条船从大到小，挨个儿按顺序排成一列。

“简直像个家族呢。”

菊治含笑说。

旅馆送了一对夫妇筷做纪念。筷子包在一张印有仙鹤的粉红色的纸里。

菊治忽然想起来，说道：

“那个千鹤包袱皮带来了没有？”

“没带来。样样都是新的，真叫人难为情。”

说着，雪子那双美丽的双眼皮连眼角都红了。

“你看，发型也变了。不过，人家送的礼物上有带鹤的。”

不到三点，乘车去川奈。

网代码头上有很多渔船，有的船漆成白色。

雪子回头望着热海说：

“海的颜色变得像粉红的珍珠了，像极了。”

“粉红的珍珠？”

“嗯，我有一副耳环和项链就是粉红的。要拿给你瞧瞧么？”

“到宾馆再瞧吧。”

热海的山上，褶皱的影子渐渐深了起来。

迎面看到一个丈夫拉着板车跑，妻子坐在车上的柴垛上。

“真想过过那种日子。”

雪子说。难道雪子现在已忧虑起日后的贫贱生活么？菊治不禁赧然。

海边成排的松树，一群群小鸟在穿行飞掠，飞得几乎能赶上汽车，汽车开得略微快一些。

今早在伊豆山上的旅馆，看到海上的七艘拖船，已经开到了这里，是雪子发现的。依然是从大到小，像和睦的一家人排列成队，正靠近岸边拖曳而行。

“仿佛是来同咱们相会呢。”

雪子此时喜悦之心，连对这些船只都生出亲切之感，也使菊治心里松快一些。这是他们一生中的幸福日子吧。

去年，从夏到秋，菊治去寻文子的下落，不知是因身心交瘁呢，还是着了魔，就在那时，没料到雪子会独自一人翩然而至。菊治恍如身处黑暗中的人忽然见到了阳光，觉得是那么光辉夺目，又有些迷惑不解，显得拘谨客气。不过，打那以后，雪子便时时登门造访。

不久，菊治收到雪子父亲的来信，信中提到："承蒙你同小女交往，不知是否有意结成伉俪？一来栗本千花子先前提过亲，再者，我与内人也都希望小女能如愿以偿，嫁给她一见钟情的人。"这封信透露出双亲对两人交往的担心，也可看作是对菊治的提防，但同时也由父亲转达了女儿的心意。

从那以后，直到今天，已整整一年了。菊治的心思，始终在等待文子与得到雪子之间摇摆不定。然而，每当他思念太田夫人，追忆文子，或因悔恨而心灰意冷的时候，却总是萦绕着一个幻影：在晨空或夕照中，白鹤千只，翩翩飞舞。那就是雪子。

为看拖船，雪子靠到菊治身上，没再回到自己的座位。

到了川奈宾馆，他们给带进三楼尽头的一个房间。两边没有墙壁，是一整面观光的大玻璃窗。

"大海成了圆的啦！"

雪子快活地说道。

水平线给描成一个浅浅的圆弧。

隔着草坪中的游泳池，有五六个穿浅蓝制服的女捡球员，背着高尔夫球棍袋走了上来。

西面窗户外，展现出一大片富士高尔夫球场。

想到广阔的草坪上走走，可一出门，菊治便背对西风说：

“好厉害的风！”

“有风怕什么，走吧！”

雪子使劲拉着菊治的手。

回到房里，菊治先进了浴室。这工夫，雪子重理秀发，换了一件衬衫，准备去餐厅。

“要戴上这个么？”

说着，把珍珠耳环和项链拿给菊治看。

晚饭后，他们在日光浴室里待了一会儿。那是个椭圆形的大房间，凸出在院子里，正值上班的日子，所以，里面只有菊治他们两个。两盆名为少女茶的茶花正在半圆的一头盛开。

然后，两人来到大厅，在壁炉前的长椅上坐了坐。大块的劈柴在燃烧。壁炉上摆着大朵的君子兰，也是两盆。长椅后的大花瓶里插着早开的红梅，十分艳丽。高高的天花板，是英国式的木架结构，显得很沉稳。

菊治靠在皮椅上，盯着壁炉里的火焰，凝视了好半天。雪子也坐在那儿出神，面庞红扑扑的。

回到房里，厚厚的窗帷已经拉上。

房间虽大，没有套间，雪子到浴室里换了衣服过来。

菊治穿着旅馆的浴衣还坐在椅子上。雪子换上了睡袍，随便地站在他身前。

锈红底碎白花的新衣料，似也可做成西式衣裙，现做成元禄袖式的和服，式样蛮舒适随意的，穿在身上显得娇滴滴的。腰上系了一条绿色的软缎窄腰带，像个西洋玩偶。红衬里子下露出了雪白的睡衣。

“这衣裳很好看。自己想出来的？是元禄袖么？”

“跟元禄袖还不大一样，随便做着穿的。”

雪子走向梳妆台。

梳妆台上只亮着一盏灯，房里半暗不明的，两人都入睡了。

菊治霍然睁开眼睛，听见咚咚的巨响。风声呼啸。庭院边上是道断崖，疑是惊涛拍击的声音。

看看雪子，她竟没在床上，立在窗边。

“怎么了？”

菊治下床走了过去。

“咚咚的声音好吓人，海上喷出粉红色的火，你瞧……”

“是灯塔吧？”

“把我惊醒了，吓得睡不着，方才起来一直在这儿瞧着。”

“是波涛声呀。”菊治把手搭在雪子的肩膀上说，“把我叫起来多好……”

雪子的心思似乎还在海上，说道：

“你瞧，那粉红的亮光。”

“是灯塔。”

“那儿虽有灯塔，可是比灯塔的灯大，忽地一下冒出来。”

“是波涛声吧？”

“不是。”

好像是拍击断崖的波涛声。海面上照着一弯冷月，黑沉沉的一片静寂。

菊治也看了一阵，灯塔的明灭与粉红的闪光自是不同。粉红色的闪光间歇长，也不规则。

“是大炮呀。还以为是海战呢。”

“哦，是美国军舰演习吧？”

“可不。”雪子也同意，又说，“真吓人，怪害怕的。”

肩膀也软了下来，菊治抱着她。

夜空下，照着一弯冷月的海面上，风声猎猎，远远的，粉红色的闪光之后是隆隆声，菊治也觉得有些悚然。

“这么半夜三更的，不该一个人看。”

菊治胳膊用上劲，将雪子抱了起来。雪子羞怯地搂着菊治的脖子。

一阵撕心裂肺的悲哀猛袭上来。菊治断断续续地说：

“我，不是不能呀！不是不能！可是我的羞耻心，我那不道德的记忆，还不容许我呀！”

雪子仿佛昏迷了过去，沉甸甸地靠在菊治的胸脯上。

诀别旅行

一

蜜月旅行回来后，菊治把文子去年的来信烧掉之前，又重读了一遍。

于开往别府的黄金号客轮，十月十九日……

您是不是还在找我呢？请您原谅，就当我是个不知下落的人吧。

我已决意不再见您了，所以，这封信，我想是不会寄出的。即便要寄，也不知是几时的事。我要到父亲的故乡竹田镇去，倘如这封信到了您手里，那时，我已不在竹田镇了。

父亲早在二十年前就离开了故乡，我对竹田镇也一无所知。

石山绕四方，竹田在中央，秋水一澄鲜，溪流淙淙响。
大然竹田镇，不似人工城，山洞做城门，出入经门洞。
小小竹田镇，漫然一片白，处处皆芒草，不分门内外。

我只是根据与谢野宽和晶子夫妇《久住山之歌》中的这些和歌，以及父亲的话，心里做番想象罢了。

我要回到父亲那陌生的故乡去。

一个久住镇的人，据说父亲小时也认识他，他的和歌：

故乡山长在，温柔一片心，潺潺清溪流，声声入耳闻。
接天原野阔，一望无穷碧，悠悠故乡情，犹胜少年时。
非是我心独烦忧，群山亦自黯黯愁，君不见乌云遮山头。
拂逆之心终消失，但求伊人得平安。

也将我引向父亲的故乡。

一似匍匐大师前，衷心景仰久住山。
自知不足心常在，宜向青山去求教。
久住山隐云端内，骤如伊人去无踪。

与谢野宽的这些和歌还诱使我到久住山（也写作九重

山）去。

虽然上面写了《拂逆之心》这首和歌，可是对您，我心里却没有一点拂逆的意思。要有，那也是对我自己，以及对自己命运的拂逆。即便如此，如果说这是拂逆之心的话，倒不如说是悲哀更恰当。

何况事情已经过去了三个月，我满心但求您的“平安”。我不该给您写这封信。本来要写给自己的，结果倒变成写给您的了。写完了，说不定会扔到海里去。也没准儿是封永远写不完的信。

侍应生正依次将大厅里的窗帘拉好。大厅里除了我，另一端只有两对外国的年轻夫妇。

因为是一个人旅行，我订的是一等舱。我不愿意跟很多人待在一起。一等舱是两个人一间，另一位是别府观海温泉旅馆的老板娘。说是女儿嫁到大阪，她去侍候完月子回家的。

“在大阪简直没法儿睡觉，我想美美地睡上一觉，才坐的船。”她说，从餐厅一回到舱里，没过一会儿便上床睡了下去。

我们乘的这艘黄金号客轮驶出神户港时，一艘叫苏伊士之星的伊朗船正进港，船的形状很奇特。

“大概是客货两用船吧。”老板娘告诉我说。我心想，连伊朗船都开到这儿来了。

船离港越来越远，神户的市街和后面的山峦逐渐笼罩在暮色中。已是夜长昼短的秋天了。到了夜里，便广播海上保安官的安全注意事项。船内严禁赌博，受害者亦须受罚……

“今日赌博之可能性相当之大。”

大概是赌棍混进了三等舱。

温泉旅馆的老板娘已经入睡，我便来到大厅里。两对外国夫妇中，有一个是日本女人，看样子她已结婚。对方不是美国人，好像是欧洲人。

忽然间，我似乎觉得，索性同外国人结婚，远远地躲到外国去倒也不错。

胡思乱想些什么呀！自己也吃了一惊。虽说是乘在船上，居然想到结婚什么的，实在出乎意料。

那个女人好像出身良家，可是在表情和举止上，却极力去摹仿洋人。大概总记着嫁给洋人这回事，挺臭美的，才会有那种举止。

这两三个月里，我不知道有什么事让自己动过心。在府上茶室前的石钵上，摔碎那只志野瓷茶碗，实在叫我羞愧得无地自容。

我说过，会有更好的志野瓷的！当时我真这么认为。

那件志野瓷水罐，当作母亲的念心儿送给您，看您欣然收下，一时疏忽，就想起把那只直筒茶碗也给您。可是过后一想，还会有更好的志野瓷，于是就待不住了，站也不是坐也不是的。

“照你这么说，送人只能送最好的东西喽？”您当时这么说过。不过，送“人”，那也只限于您，我是这样认为。这也是出于我一味要美化母亲的心思。

对于死去的母亲也罢，对于苟活的自己也罢，除了把母亲想得完美无缺之外，当时简直就没有别的办法。我的心胀得满满的，又好像着了魔似的，把一件并非上好的直筒茶碗当作母亲的纪念品给了您，心里真是后悔得了不得。

三个月后的今天，我的心情也变了。是一场美梦破灭了呢，抑或是一个噩梦醒来了呢？我不知道。但我想，摔碎那件志野瓷的时候，正是母亲和我，同您彻底诀别之际，摔碎志野瓷，尽管令人羞愧，这样做未尝不是件好事。

“碗边上还染上了母亲的口红印……”那时我说这些，想起来简直是鬼迷心窍。

由此，还有一件事，回想起来也叫人毛骨悚然。是我父亲还在世时的事。有一回栗本师傅来，记不太清楚了，好像提到了长次郎，等拿出黑乐茶碗一看：

“哟，霉得真厉害……保管得太不经心了。用过了就那么收起来了？”师傅皱着眉说。茶碗有一面长了霉，像是石菖蒲朽烂的颜色。

“拿热水洗过，洗不掉。”

师傅把茶碗搁在腿上死死地瞧着，冷不防手指咔哧咔哧挠头发，然后便用那只油乎乎的手去搓茶碗，霉点果然掉了。

“嗯，这回好了。您瞧！”师傅挺得意。可我父亲没伸手，说道：“这么弄，多脏！太腻味人了！简直叫人恶心！”

“我去洗洗干净。”

“洗多少遍也不管用。我不想再用这碗喝茶了，你喜欢，就给你吧。”

年幼的我坐在父亲身旁，还记得那种恶心劲儿。

后来听说师傅把那只茶碗卖掉了。

碗边上沾着女人的口红，与此也相类似，是令人作呕的。

请您就把母亲和我忘掉，跟稻村雪子小姐结婚吧……

二

别府观海寺温泉，十月二十日……

如果从别府乘火车，经大分去竹田，这样走会快一些，但我想到近处去“瞻仰”一番九重群山。于是就选择了这样一条路线：越过别府后面的由布山麓，从由布院乘火车到丰后中村，然后进入饭田高原，翻山到山南，再从久住镇去竹田。

竹田虽说是父亲的故乡，对我来说却是一个陌生的地方，父母都已去世的今天，还不知他们怎么迎接我呢？

——小镇让人感到，那是心灵的故乡。父亲曾经这样说过。小镇也许正像与谢野宽夫妇的和歌所描绘的那样，岩石围绕着四方，进城出城要钻石头门洞。

倘如母亲在世，她就会详详细细地告诉我，虽说在我出生前，父亲只带她回去过一次。

令尊同我母亲的事，我原谅他们的时候，就觉得好像背叛了我父亲似的。可是，这个小镇，对于父亲，是他的故乡。在我，则是异乡，为什么会给吸引了去呢？难道说，这个是故乡又非故乡的异乡小镇，竟成了我眷恋的土地么？莫非是，在父亲的故乡小镇，有母亲与我赎罪的清泉么？

归来叩见慈父颜，而后拜谒故乡山。

这也是《久住山之歌》中的一首。

思量起来，从原谅令尊同我母亲的时候起，便孕育了我们娘俩后来的罪孽。想必那就像一道符咒，紧紧地将您箍住，让您痛苦不堪吧？可是，不论什么罪孽和咒语，总有穷尽之时，我把那只志野瓷茶碗摔碎之日，我想，这一切也都结束了。

我只爱过两个人，那就是母亲和您。我说我爱您，您一定惊讶了吧？就连我自己都有些儿吃惊呢。但我寻思，还是别把这份感情隐藏起来的好，这样反倒能求老天保佑“伊人”的“平安”。您对我做的事，我一点也不怪您，也不恨您。只不过我的爱遭到最大的报应，受到最狠的惩罚。我是这么想的，我的这两份爱，都罪有应得，一个死了，一个是孽障。难道这就是我这个女人的命吗？我母亲以死清算了一切，我则负累而逃。

“噢，我真想死掉！”母亲像口头禅似的这么说。她那么想见您，我一拦着，她就吓唬我说：“你想叫我死吗？”

自从在圆觉寺的茶会上见到您之后，母亲就有寻死的心思，这也是在摔碎志野瓷那天，我才明白过来的。遇见您，是她寻死的因头。可母亲她心系一念，惦着要会您，拴住了她那条朝不保夕的命。倒是我拦着她，反使她死去了。摔碎志野瓷那天，我竟也有了寻死的心，我越发能理解我母亲了。我想，不是母亲死，就是我死。结果是母亲死了，没让我死掉。

当时，把志野瓷茶碗摔在石钵上，我就昏了过去，瘫在石钵上，您扶着我，我喊了一声：“妈！”您听见了么？也许我没喊出声。

您说我那样子不能回去，又说要送我，我只管摇头说：

“我不再见您了。”我逃也似的赶回去，一路上冷汗淋淋，真想死来着。我不是恨您，而是自感走上了绝路，前边已经无路可走。我的死跟母亲的死连在一起，似乎是顺理成章的事。要说我母亲是因受不住自己的丑恶才死的，那么，我也存心要这样做。不过我还有一个心念：悔恨之火中，自有莲花盛开。因为我爱您，不论您对我做过什么事，都绝不会是丑恶的。我仿佛一只夏天扑火的灯蛾。我母亲觉得自己丑恶便寻了短见，而我则要把母亲想得完美，难道是我在梦中迷失了自己么?

然而，我跟母亲不同。母亲见过您一次，她的心就不再宁静，渴望与您相会。可我，仅一回，梦就破碎了。我的爱，刚开头，便结束了。与其说是压抑和践踏这份情感，似乎不如说是给人推落，给人抛弃的好。

——唉，不能这样！我心里想。母亲死了，我也完了，您还是同雪子小姐结婚的好，那对我倒也是一种拯救。

——您要找我，追求我，我也要寻死的呀！也许这话是说给我自己听的，但是，正像我要把母亲想得美好，把自己忘掉一样，只是希望在您的周围，把我们娘俩抹杀掉，不留一点痕迹。

栗本师傅说，母亲跟我妨碍了您的婚事。等我清醒过来，就明白了这话的意思。师傅还说，自从见了我母亲，您的性格完全变了样儿。

摔碎志野瓷茶碗的那天晚上，我一直哭到早晨。到朋友家去央求她陪我出门旅行。

“这是怎么了？眼睛都哭肿了……令堂死时也没这么哭过啊？”朋友吓了一跳，陪我一起去了箱根。

说起来，比那个时候，比母亲死的时候，更让我伤心的，是我小时的一件事。是栗本师傅上我家来兴师问罪骂母亲，叫她跟令尊分手的那次。我在背后听见了，就哭了。母亲把我抱到师傅跟前，我不乐意，母亲就说：“这不是人家在欺侮妈妈么？你在背后一哭，妈妈就受不了。让妈妈抱你！”

我坐在母亲腿上，脸藏在她怀里，压根儿不看师傅。

“哼，连孩子也掇弄出来演戏么？”

师傅讥笑着说：

“你这孩子很聪明嘛，三谷叔叔来干什么，你都知道吧？”

“不知道，不知道！”我摇头说。

“你怎么会不知道？告诉你，那个叔叔哇，可是有太太的。你母亲坏吧？人家叔叔有个少爷，比你还大哪，连那位少爷都恨你母亲哩。你母亲的事，要是叫学校的老师和同学知道了，多丢人哪！”

“孩子是无辜的呀！”我母亲这样说。

“要叫孩子无辜，就得先教育成无辜的样儿，是不是？无辜的孩子，倒亏她能哭得这么像。”

那时我也就十一二岁的光景。

“对孩子这可不是什么好事，怪可怜见儿的……你就存心叫她见不得人，一直到大？”

那份悲哀，简直要撕碎我那小小的胸膛，比我母亲死，比离开您，我觉得还要伤心难过。

到别府正是中午，于是便乘公共汽车去游地狱温泉。凭一度同舱的缘分，下榻在观海寺温泉旅馆。

今晨，航行在伊豫滩一带，风平浪静。太阳照在窗上，阳光下，脱掉上衣只穿一件衬衫都汗涔涔的。开进别府港，从左面的高崎山一直向右，群山环抱市街，宛如一条圆圆的波涛。记得富于装饰性的日本绘画中，画过这样的波涛。观海寺温泉旅馆傍山而立，很僻静。从澡堂出来，市街，码头，一目了然。居然有这么宽敞明亮的温泉浴场，实在让我惊奇。“周游地狱”，乘公共汽车一百元，入场费一百元，十五六处地狱，大抵私人所有，还成立了一个叫“地狱工会”的组织。乘车游览要花两个半小时。

在地狱温泉中，以妖艳和神秘而言，属血池地狱和蓝海地狱两处有种莫可名状的色泽。在血池地狱，好似从地狱底层喷涌而出的血色，鲜灵活现，它们融在透明的泉水之中，池上热气蒸腾。而蓝海地狱，想必是泉水色泽如海，故此得名？淡蓝的水色，清澄而平静，还从来没见过这种颜色。在远离城区的山间旅馆里，午夜回思，血池地狱和蓝海地狱那奇异的颜色，恍如梦幻世界中的泉水。倘如说，我和母亲彷徨在爱的地狱之中，那里会不会也有那么美的泉水呢？地狱温泉的水色，令我迷离恍惚。还得请您谅解。

三

饭田高原筋汤，十月二十一日……

在高原深处的温泉旅馆里，毛衣外面披上旅馆的棉袍，仍挡不住夜里的寒气，肩膀竟要靠在火盆上。旅馆是火灾之后匆忙盖起来的，门窗都关不严。筋汤位于海拔千米之上，明天将翻越一千五百米高的山岭，住在一千三百米处的温泉旅馆。所谓御寒的准备，也就是东京带来的一些衣物，可是今早刚离开的别府，是那么温暖，这差别有多大呀！

明天是九重山，后天终将到达竹田了。我想，明天在旅馆里，还有在竹田镇上，都接着给您写信。不过，我最想跟您说的是什么呢？当然不会是我的旅行日记。九重山，以及父亲的故乡，又能让我告诉您一些什么呢？

也许我想说的是：永别了。尽管我自己也很清楚，默默地离去才是上策。我好像没跟您讲过多少话，但仿佛又觉得已经讲过了好多似的。

“请您原谅我母亲吧。”每次见到您，我都替我母亲向您道歉。

为了求您原谅，我头一回到府上去的那次，您说老早就知道我母亲有我这样一个女儿。

“我曾经想来着，跟你谈谈家父的事。”

您还说：

“几时有机会，能同你谈谈家父的事，再谈谈你母亲的事，那该多好。”

终究没有那样的机会，并且永远失去了那种机会。倘如见到您，谈起令尊和我母亲的事，我想，我现在就该整日价为悔恨和羞愧而寝食难安了。父母的事是谈不得的，那样的子女能相爱吗？写到这里，不禁潸然泪下。

十一二岁时，听到栗本师傅责骂的话后，“三谷叔叔”也有个男孩这事，便深深刻在我的心上。可是关于那个男孩的事，我同“三谷叔叔”一次也没提起过，我觉得说了不好。那个男孩去没去打仗，小小的女学生也一点没听说过。

空袭越来越厉害以后，令尊也常来我家。我担心，万一有个三长两短，不就叫那男孩跟我一样，成了没爹的孩子了吗？所以，令尊回去时，我常常送他走。细想之下，那男孩大得足以能当兵去了，可不知怎的，我总是把他想成一个少年。恐怕是乍听师傅提到那男孩的事时，伤透了我的心吧？

我母亲她人很不中用，四处去采买东西全仗我。在那些争先恐后粗野地上火车的人中，我发现一个美人，就紧紧跟在她身旁。先是说些打哪儿到哪儿去，买些什么东西之类，等提到身世时，她说：

“我是给人家做小的呀。”

大概是那美人儿说得坦率的缘故吧，我这个女学生便说：

“我也是庶出的。”

她很吃惊：“哟！不过，长这么大了倒也蛮好的。”

她把“庶出的”意思好像理会错了。我涨红了脸，也没更正。

她挺喜欢我，时常约我一起去买东西，甚至还到过她的老家，从新潟的乡下弄大米回来。我永远也忘不了她。

长这么大了，又有什么好处呢？我跟您，已经再也不能谈令尊和我母亲的事了。

温泉瀑布淙淙可闻，几道温泉自上而落，任泉水击打，叫做“打浴”。治酸胀、疼痛很管用，所以才简简单单称呼“筋汤”的吧。旅馆里没有室内温泉，得去公用的大澡堂。旅馆坐落在涌盖山与黑岩山之间的峡谷深处。入夜，似乎山气氤氲，同别府的血池地狱和蓝海地狱的梦幻色彩不同。今日看到山上的红叶好美，在别府后面的城岛高原上，放眼四望，由布峰也十分壮丽。从丰后中村驿向饭田高原攀登的路上，九醉溪的红叶能尽收眼底。上到十三盘，回首望去，逆光之下，山阴与褶皱其色深沉，红叶也显得愈加绚丽多姿。山头上洒下的夕阳，使得这片红叶天地显得分外庄严。

明天，无论是高原还是山上，我想，都会是晴天吧。从这间山峡旅馆，遥祝您晚安。旅行三日，没有做过一次梦。

从摔碎志野瓷茶碗的那天夜里起，直到住到朋友家里，这三个月来，屡屡夜不成寐。在朋友家里叨扰得想是太久了。在上野公园后面租的那间房子里，还留下些许行李，也是请那位朋友代取的。

那件事的第二天，您好像来公园后面我家里找过我，这也是听我朋友说的。可是，我为什么要躲起来，却没法儿告诉她。

“一个不能去爱的人呀！”除此，我还能说什么呢？

“但是，他不是爱你么？被一个不能去爱的人所爱，这压根儿就是谎话。女人家，就爱编这些谎话！尽管我相信，你说的是真话……”或许我朋友的意思是说，这个世上，不存在什么绝不能爱的人。可能如此吧，譬如像我母亲那样，怀着寻死的心……

然而，我极力要把我母亲的死想得很美，结果我自己又给弄到什么地步呢？我想，您是最清楚不过的。即便说不是被弄得，就算是自己走到这一步，这究竟算不算是自作自受，我还不太清楚。对自己做过的事，自己能说是自作自受吗？那么别人做的事，一旁看着，就能说他是自作自受吗？是不是惟有上帝或是命运，在赦免人的罪过时，才能说那是自作自受呢？

虽然觉得不该写，不过，我那可信赖的朋友从前跟男人失过足。也许正因此，我才能去投靠她。也惟独如此，她才能立即察知我的事。然而，她却无法知道我身陷漩涡的悔恨。

我也很像我母亲，有些地方可能有点儿漫不经心，所以，我朋友说我慢慢儿地也精神起来了，这回才放我一个人出来旅行。

一个单身女人，独自宿在旅店里，比起与我母亲相依为命的日子，以及母亲死后我一个人过活的那阵子，固然觉得无牵无挂，可是一到夜里，毕竟感到孤寂难安，愁绪满怀，所以才提笔写这封无意寄出的信。可这三个月来，我一直默默的，现在又能说些什么呢？

四

法华院温泉，十月二十二日……

今天翻过一千五百四十米高的山岭诹峨守越，宿在一千三百零三米处的法华院温泉。据说这是九州最高的山间温泉。去竹田镇的这一路行程，今天总算越过了这道大山岭了。明天将下山去久住镇，抵达竹田。

不知是因在高原的日照下走路的缘故，抑或是硫黄的气味太重的原因，今晚觉得有些儿疲倦。不仅是这里的温泉有硫黄味，大概诹峨守越旁的硫黄山冒的烟也随风飘了过来。听说一天的工夫银表就能变黑。

“昨儿早上五度，今天早上四度……今天晚上要比昨天晚上还冷哪。”旅馆里的人说。也不知是早晨几点钟看的温度计，反正黎明前没准儿会降至零度。

不过，我在另一幢楼的二楼上，要了一间凸出的房间，有两层玻璃窗可以防寒。棉袍里的棉花很厚，火盆里的火也烧得很旺。较之昨夜的筋汤温泉舒服多了。但是，仍能感到山间夜气的凛冽。

这座山里，只有孤零零一家法华院旅馆。不通邮，也不送报。离开村子有二十多里路，与最近的一户邻居相隔十多里地。上小学也要走二十几里，所以，孩子到了上学的年纪，非得托付给下面的村里不可。

这家旅馆有两个孩子，哥哥六岁，妹妹四岁。大概看我是个单身女子，老奶奶便过来跟我说了会儿话。两个孩子也跟了上来，抢着坐在奶奶的腿上。先是妹妹骑在奶奶腿上，搂住奶奶。哥哥想推开妹妹，妹妹就跟哥哥拼命厮打，追来赶去，扭作一团。哥哥的眼睛长得挺美，但妹妹也长了一双明锐的大眼睛，小脸显得个性很强，一副顽强的劲头。也许是山上强烈的日光，才使她有这样一双明锐的眼睛吧。

“这附近好像没有做伴的小朋友吧？”我问。

“要不走上二十几里路，就没有邻居的孩子。”

妹妹出生后，哥哥说：

“妈妈本来搂着宝宝睡，现在让妹妹占去了。”

妹妹出生前就说：

“要是囡囡生下来，宝宝就睡在囡囡旁边。”不过听说男孩是跟祖母睡的。等到隆冬腊月，说不定旅馆要关门，下山到村里去。孩子们长在与世隔绝的山中，那明锐的目光，深深印在我心里。两个孩子都是圆脸，长得很俊。

我蓦然想起自己是独生女的事。

我生来一直是个独生女，已经习惯了，平日倒也没理会。其实何尝没理会，只是没多想罢了。想有个哥哥或是姐姐的，那种女学生的感伤似乎早已荡然无存。哪怕我母亲过世的时候，我都没想过：要是有个兄弟姐妹多好！当即给您打了电话。为掩盖我母亲的死，让您也成了同谋。事后想来，这么做，好像我母亲的死，您有什么责任似的……如果有个哥哥的话，我想，我就不会那么做了。但是，有了哥哥，我想没准儿我母亲也不会死，而我，也不至于沉沦到这种罪恶的悲哀境地里。现在想想，简直如梦方醒，不禁一惊。我这个独生女，本不该接受您的好意，结果反处处承情。

身为独生女的我，独自一人，在山中孤零零的一家旅馆里落脚，想要呼唤那不可能有的哥哥，这种情绪猛然袭上心头。即便不是哥哥，哪怕是姐姐或者弟弟也好。呼唤那并未生在世上的同胞手足，您是不是觉得好笑？

说到独生女，您也是个独生子，而我至今都没想过。令尊来我家的时候，提府上的事，是个忌讳，所以，您是独生子这事，从来都不提。有一次令尊对我说：

“也没个兄弟姐妹，怪孤单的吧？有个弟弟或妹妹就好了，是不？”

我唰地一下脸色发青，浑身简直要哆嗦起来。

“可不是么……太田过世的时候，只有这么一个女孩子家，怪可怜见的。”

母亲为人随和，也在一旁附和，一见我那样子，就把话咽了回去。

我感到又恨又怕。那时已有十四五岁了吧，对我母亲的事，什么都心知肚明。我以为令尊说的是，生个跟我异父同母的孩子。如今想来，恐怕是我胡猜乱想。令尊大概是想起他的独生子您来。也许是看到我们母女二人相依为命，觉得太孤单也未可知。不过，当时我心里狂暴之极。已打定主意，要是母亲生了孩子，非把那孩子弄死不可。心生杀意，只有那一次，之前之后，何尝有过！不过，到时我真能下得了手也难说。是憎恨？是嫉妒？抑或是愤怒？我不知道。大概是少女的执拗，让我为之战栗吧。母亲好似觉察到了什么：

“我请人看过手相，说是命里只有一个孩子。”

她又补充一句说：

“是一个顶十个的好孩子。”

“这倒是，不过……一个孩子不爱同人交际，常常是独来独往。要是自我封闭起来，岂不就不合群了么？”

令尊必是见我绷着脸，不吭气才那样说的吧。打那以后，我不看令尊的脸，不说一句话，总是躲着他。我其实很像母亲，并不是那种阴沉死气的孩子。本来闹得正欢，只要令尊一来，马上住嘴，一声不响。孩子这么闹别扭，我想，母亲心里一定挺为难的。令尊说的未必是我，或许是您的事也没准儿。

倘如我要弄死的那孩子出世了，会是怎样个情景呢？是我的弟弟或者妹妹，也是您的弟弟或是妹妹……

——啊，太可怕了。

我穿过高原，越过山岭，本该一洗这些病态的念头才是。本该在这一派“大好的天儿”之中跋涉。

“真是大好的天儿。”

“嗳，是个大好的天儿。”

今早，离开筋汤，走在路上不大会儿工夫，便听村里人这样寒暄。这一带，管“好天”说成“大好的天儿”。语尾说得清清楚楚。我心里也随之晴朗起来，默默地打着招呼。

天气实在是一派响晴。路旁绵亘的不知是芒草还是萱草，在朝阳的辉映下，银光透亮。槲树的红叶斑斓夺目。左面山麓下，杉树之间阴影浓重。田畦上铺着草席，一个穿红袄的小小孩坐在上面。身后的白口袋里放着吃食，玩具也摆在席子上。母亲正在割稻。这里因天寒得早，秧也插得早，据说要生起篝火插秧。不过，今早暖和，以至坐在草席上的孩子能晒太阳，我也只换上帆布胶底鞋，无需做防寒打扮。

从筋汤登山，有好几条路线，大概还有近路。但我决定绕到饭田的邮局和学校那里，一边在高原的中心地带走着，一边悠然地望着九重的群山。不爬山，只是从诹峨守越走到法华院，这样也可省些脚力。

所谓九重，从东数，有黑岳、大船山、久住山、三俣山、黑岩山、星生山、猎师岳、涌盖山、一目山、泉水山等，是群山的总称。群山的北侧便是饭田高原。

说是群山的北侧，可涌盖山等却绕到了西南，崩平山等则位于高原的北侧。这片峰峦环抱，或曰四面群山托举的高原，呈圆台形。高原实在美不胜收，仿佛展现出一个梦幻之境。山上红叶尽染，高原上的芒草则穗浪滚滚，白茫茫的一片，但感觉中，像是一派柔和的紫色，在轻轻荡漾。高度约有一千米，说是东西和南北各有八千米宽。

我走的是南北方向。一旦踏进辽阔的高原，在笔直的前方，便能远远地望见三俣山和星生山之间硫黄山上的浓烟。群山之巅，晴朗无云，只有右面涌盖山的山头上，飘浮几朵白云。离开东京时，便是一心为这高原上“大好的天儿”而来，我真是幸运。

我原只知道有信浓高原，可是，正如许多人说的，饭田高原确实更富于浪漫情调。一方面使人觉得它是那么温柔，那么明丽，那么遥远，同时又让人感到仿佛被静静地拥抱在它的怀里。高原的南面，群山连绵，温文尔雅，气象万千。记得船进别府港的时候，环抱着市街的群山，起伏如圆形的波涛，曾令我心喜。但是，在饭田高原上看九重群山，就其高度而言，竟让人意想不到，会是那么亲切，那么调和。许是群山配置得当屏列均衡的缘故？久住山高在一千七百八十七米以上，是九州第一高山。大船山，一千七百八十七米，是第二高山。即便这两座山高得并不显眼，三俣山和星生山的山高都在一千七百四十米至一千七百六十米之间。超过一千七百米高的山有十来座。不过，身在一千米的高原上，又值屏立的群山高矮相差无几，看上去或许会觉得舒缓可亲。再说，地处南国，离海又不太远，所以，高原的色调才那么明快也未可知。

长者原在高原的一半处，来到那里，我在松阴下休息了好半天。长者原上，松林疏疏落落，草原中间的一片松林很诱惑人。于是又走了一会儿，在一片松阴下，吃起已经迟了的盒饭。大约有两点来钟吧？环顾广阔的草原，是一片草红叶，从我所处的位置看过去，向阳与背阴之处，色调变化微妙，山色也各有不同。红叶浓的山，看上去像是教堂里的彩色玻璃。这样，我仿佛置身于一座宏大的自然的天堂。

“啊，来了真好啊！”我不禁出声说道，热泪潸潸而流。

芒草的穗浪越发地银光闪闪，一片模糊。这不是催人伤怀的酸泪，而是一洗愁绪的清泪。

我思念您，为了诀别，才来到这座高原，来到父亲的故里。思念您的时候，要是悔恨与罪孽一齐缠身，我就没法儿离开您，而且再也迈不出新的一步。即使来到遥远的高原，我依然在思念您，您得原谅我。为了要分别，我才思念您，您就让我走在草原上，眼睛望着群山，心里思念着您吧。

在松阴下，我一动不动，凝思默想着您，倘如这儿是没有屋顶的天堂，会不会就这样升到天上去呢？我一直不想动弹。迷离恍惚之中，为您祈求幸福。

“同雪子小姐结婚吧！”

我嘴上这样说着，心里在与您诀别。

我忘不了您，就算今后不论以多么卑污的心来回忆这些事，但是我想，惟有在这座高原上思念您的时刻，才能同您分手。从今天起，母亲和我已完完全全从您那儿销声匿迹了。最后再向您道歉一次：

“请原谅我母亲吧！”

从饭田高原越过诹峨守越，似乎有一条通向三俣山麓的路，不过，我选择了运硫黄的那条路。离硫黄山越近，山容越显得可怕。远看硫黄烟，像是喷火。阔大的山腹上，喷出硫黄，山脊上寸草不生，整座山焦煳不堪，地表上的岩石与泥土黑乎乎的，是一片荒漠。灰的，褐的，没有一点滋润，俨然一片废墟。左面的小山上，正在采取天然硫黄。喷气孔上安着圆筒，收集筒口上像冰柱似的溢出来的硫黄。我从采集场上的烟雾中穿过，踩着一块块光秃秃的岩石，终于到达峰顶。

从峰顶下到北千里滨，回望峰顶，即将西沉的夕阳，在硫黄烟的熏染下，宛如苍白的月妖。而前方大船山上美丽的红叶，在夕照下，粲然似锦。走下陡坡，便是法华院温泉。

今晚写得太长了。因为，我要把分手后在高原上度过的这清净无垢的一天，告诉给您。不必惦着我，晚安。

五

竹田镇，十月二十三日……

终于来到了父亲的故里。

今日黄昏时分，走过石山的门洞，进了竹田镇。从法华院温泉下来到久住高原，在久住镇乘公共汽车，约五十分钟到了竹田。

我住在伯父家里，是父亲出生的房子。头一次见到父亲出生的房子，觉得有些不可思议。一直怀着回故乡同时又是异乡的心情，可是，一当见到长得酷肖父亲的伯父时，已睽违十年的父亲的面影好似历历浮在眼前；觉得已无家可归的我，又有了一个家。

听我说是从别府绕道九重过来的时候，伯父他们都吃了一惊。一个人又走山路，又住温泉旅馆的，恐怕他们以为我是个性情坚强的姑娘呢。我虽然也想看山，但要跑到父亲的家乡来，未尝不犹豫。父亲过世之后，母亲跟他们日渐疏远，后来又落到没脸见这些亲戚的地步。

伯父说："在船上拍个电报来，就会到别府去接你了……这儿离别府挺近。"我虽然写了信说要去，又觉得，亲情疏远，不便于巴巴儿地拍电报，通知人家我到的时间。

"我弟弟死的时候你几岁了？"

"十岁。"

"有十岁啦？"伯父一边重复着，一边看着我说：

"跟你母亲一模一样啊。我不大见到你母亲，可一见到你，就想起来了。但又有点像你父亲，耳朵长得还是像太田家的耳朵啊。"

"见到大伯，就想起了我父亲。"

"是吗？"

"等工作了，就没法儿出来旅行了，所以，我想先来看看大伯。"

我不愿意他们以为孑然一身的我，是来商量什么身家大事的。对伯父，我一无所求。

母亲死时，伯父没来吊丧。一方面，远在九州，来不及奔丧，再说，又等于是偷着下的葬……

我仅仅是为了同您——跟母亲密切相关的您分手，才要来父亲的故里看看的。我想从母亲那疯狂的爱的漩涡中逃脱出来，回归对我父亲的那份健全的忆念中去。然而，黄昏中，走进石山环抱的小镇，如同一个逃犯来到与世隔绝的荒村，心里好不凄凉。

今晨在法华院多睡了一会儿。

“早上好！”旅馆的人打招呼说，“一清早，孩子就在下面闹翻了天，怕是没睡好吧？”我却什么都不知道。

送早饭的时候，那个目光明锐的女孩子也跟了上来，傍着祖母坐在身旁。听说今天早晨，她从正房通往边楼的廊桥上摔了下去。有一丈五尺来高，真也命大，说是掉在三块大石头的中间，捡了一条命。等把她救上来，还哭着喊：

“木屐漂走啦！木屐漂走啦！”

别人逗她说，“那就再摔一回吧。”

“没衣衣啦，不摔啦！”

小河边上，晾着女孩的衣裳，是一件粗布蓝白花的和服和一件蝴蝶与牡丹花的红棉坎肩。看到朝阳辉映在红棉坎肩上，我感到了温馨的生命的恩惠。不偏不倚恰好掉进三块岩石之间，怎么那么巧呢？三块岩石的空当，窄得只容得下一个小孩子。如果稍微偏那么一点点，碰到石头上，就算不至于没命，也难保不摔成残疾。小孩子不懂得危险，也不知道害怕，好像身体哪儿都没伤着，好端端的一点没事。我觉得，摔得这样巧，是这孩子又不是这孩子。

我没能让母亲活下去。可我在寻思，究竟是什么，居然让我活了下来。我一心一意在为您祈求幸福。我想，在人的污秽与罪孽的岩石之间，总会有一个得救的场所，就像女孩儿摔下去那样。

我怀着欣羡的心情，希望自己能像女孩儿一样幸运，摸着她那头浓密的娃娃式短发，离开了法华院。

大船山的红叶实在美极了，所以，我上坊蔓那儿走了走。坊蔓是由三俣山、大船山、平治岳等山岭环绕的盆地。今天看三俣山，与昨天的方向正相反。我还到了筑紫山岳会的马醉木小屋，在一片片的马醉木中，长着可爱的玉柏。与土马鬃相似，仅有两三寸高。我还发现了越橘和岩镜。大船山上红叶中发黑的，据说都是杜鹃花。有的低低地伸展开来，一棵能蔓生成六张席子那么大。坊蔓上还有许多雾岛杜鹃，这儿的芒草又细又矮，草穗也只有一寸来长。

听说山顶上今早降到了零度。坊蔓向阳，红叶的颜色也使盆地有种温暖的感觉。

返回旅馆附近，从白口岳与立中山之间的锌立岭下山，到了佐渡洼。那是形状像佐渡岛的盆地，很多蓟草已经枯萎。然后，从佐渡洼下到锅破坡，等一到朽网别，久住高原便该一展眼前了。下山到锅破坡，要穿过杂木林，从石径上走。一路上，只听见自己脚踩落叶的声音。

路上没有遇见行人，感觉到了独自一人踏着大自然的跫音。来到朽网别，左面清水山的红叶红得正艳。从这里应当看得见阿苏五岳，但云遮雾障。倒是祖母山、倾山等一带峰峦隐约可见。久住高原是一处方圆四十里的草原，绵绵不断，同阿苏山北麓的波野平原远远相接。北望九重（或称久住）群山，峰顶也尽被云遮。从没过大半个人高的芒草中走出，经过牧场，我终于到了久住镇。

久住的南登山口，有座名字很怪的寺庙，叫猪鹿狼寺。无论猪鹿狼寺也罢，法华院也罢，都是有几百年历史的圣地。九重各山也为圣地。我仿佛一路历经圣地而来，实在太好了。

伯父家的人都已睡下，静悄悄的。我不能像一个人住旅馆那样，可以不睡觉一直给您写下去。

祝您晚安。

六

竹田镇，十月二十四日……

竹田火车站上，每逢有丰肥线的火车进出站时，都能听见《荒城之月》的歌声。镇上的人说，泷廉太郎心系小镇的冈城遗址，便谱曲作了《荒城之月》这首歌。泷的父亲于明治二十年来这里任郡长，廉太郎曾在竹田镇上过高小。少年廉太郎想必也去过冈城遗址游玩吧。

泷廉太郎逝于明治三十六年，年仅二十五岁。这是虚岁，后年我便是这个年龄了。

希望二十五岁就死掉！我想起在女校念书时曾跟同学说过这话。不过，我觉得，似乎是同学说的，又像是我说的。

《荒城之月》的词作者土井晚翠，也已于今年去世。听说我来之前不久，竹田镇曾在冈城遗址为晚翠举行追悼会，说是曲作者廉太郎与词作者晚翠，一度在伦敦会过面。那还是很久以前，我父亲小时候的事，年轻的诗人和音乐家在异乡邂逅，是否便成为《荒城之月》谱曲的因缘了呢？我不得而知。然而，他们两人留下了优美的歌曲。现在，恐怕无人不会唱这首《荒城之月》。那么，我同您有过一次缘分，又会留下什么来呢？

——像泷廉太郎一样的天才孩子……我忽发奇想，不禁一惊。我能有这样的梦想，能把这种事写给您，或许就是因为今天，我在父亲的故乡小镇上，心绪沉潜的缘故吧。可是，您有没有想过，万一有了那种不知是悲是喜的意外，女人心中的那种惶恐不安呢？您心里是不是也升起过不安，犹如我一样？因这意外的不安，我深知什么是女人。我甚至还梦想，要瞒着您，一个人把孩子抚养大。之所以如此，也是我作为母亲的女儿，因果报应，才凭空来打这番主意的。您吃惊了么？作为女人的我呀，就为这点事，都能愁得人消瘦呢。不过，这种惶恐不安并没有持续多久。

我不过是在竹田火车站上，听到《荒城之月》，回忆起当时的不安罢了。

石山绕四方，竹田在中央，秋水一澄鲜，溪流淙淙响。

今天因打算逛逛小镇，从秋水淙淙的桥上走过时听见歌声，于是把我诱向车站。不知车站的什么地方在放唱片。昨天没乘火车，是搭公共汽车到久住镇的，所以没注意。河就在车站的前面。从车站走到桥上，歌曲依然在唱，我凭栏而立，凝目望着河水。河的左岸，有柱子竖起在河滩的巨石上，露出河面，一排窝棚似的房子鳞次栉比。有女人在石头上洗衣服。车站后面也岩壁峭立，岩石的表面，细水滴落，如小瀑布。石山上的红叶粲然，间或还留下苍翠。

我一面思念您，一面徜徉在父亲的小镇上。父亲的故乡对我已非陌生的城镇了。昨晚乍到，尚不熟悉，今早一走，方知小镇实在是小。不论朝哪儿走去，尽头都是岩壁，我仿佛觉得，自己也"置身"于四面岩石之间了。

昨晚，伯父用的旅馆的火柴盒上，印着"山紫水明，竹田美人"的字样。

"很像京都嘛。"我笑着说。

"一点不错，名副其实的竹田美人。从前，抚琴，点茶，各色技艺，相当时兴。水也清，镇上家家檐下流过的小水沟，这儿叫'井堰'，你父亲小时候早晨漱口，洗碗，全在井堰里。"

万把人口的小镇，寺院倒有十余座，神社也近十间。

或许真是个小京都呢。

“现在，竹田美人也没了。”伯父说，“即使把从前的，以及去了东京的人都算上的话。”可是，我走在街上，看到的女人，觉得都很整洁漂亮。走近城边的门洞时，石山上是漫山红叶，出了门洞，耸立在对面的岩石上，是一片青苔，就在那片翠绿前，还看见一位美丽的姑娘，穿着白毛衣，迎面走了过来。

镇中心有一条商店街，是铺的柏油路。虽然萧索冷落地点着铃兰式街灯，一旦向旁边拐去，便是僻静的旧街，好像一下就能走到头，撞上石壁似的。那些石崖、白的仓房、黑的板墙，以及坍塌、欲倒的围墙，处处使人觉得是座古老的城镇。可是听说，由于明治十年打的那场西南战役，整座镇子都给烧掉了。从前的老房子，只在山边留下少数几座。回到伯父家，讲起镇上的事，伯母说：

“文子，这镇子的犄角旮旯不全叫你走遍了么！”

田能村竹田[①]的旧居、田伏庄院遗址的天主教秘密礼拜堂、中川神社的圣地亚哥钟、广濑神社、冈城遗址、鱼住瀑布、碧云寺等名胜古迹，用不了半天就能走完。

在竹田镇，至今还有很多人把田能村竹田称作“竹田先生”。昨天我从久住来的那条路，从前诸侯出行的仪仗人

① 田能村竹田 (1777—1835)，江户末期的画家。

马也走过，田能村竹田、广濑淡窗[1]等众多丰后[2]文人也都曾在这条路上来来往往。赖山阳[3]拜访田能村竹田的时候，走的也是那条路。竹田的旧居还保留了一间茶室，当年他同赖山阳一起在里面品过煎茶。茶室与正房之间的庭院里，芭蕉的叶子黄的黄，枯的枯，阳光正照在上面。梧桐叶也已经发黄。据说竹田曾拿自家地里种的蔬菜款待过赖山阳，那块地就在正房的前面。竹田纪念馆内画圣堂是座新建筑，里边也有茶室，点茶时，要挂上竹田的南画。

天主教的秘密礼拜堂靠近竹田庄，是在竹林深处的岩石上凿出的洞窟里，相当宽敞。圣地亚哥钟上，写有“1612 SANTIAGO HOSPITAL”的字样。

昔日的竹田城主是位天主教徒。

竹田庄的庭院里，有盏织部灯笼。顺着略有点坡度的小路走，向右一拐，是竹田庄的石崖，相反，朝左一绕，便是古田织部的庄院，不知他的子孙是否还住在里边，从屋前走过时，心不免怦怦直跳。传说古田织部的儿子，从前来到竹田，而后定居下来，记得是叫上殿街，那是往日的武家庄院街。我忘不了在圆觉寺茶会上头一回见到您时，

---

① 广濑淡窗（1782—1856），江户末期的儒学者、教育家。著有《怀阳楼笔记》等。

② 即竹田所在的九州大分县。

③ 赖山阳（1780—1832），江户末期的儒学者、史学者。著有《日本外史》《山阳诗钞》等。

稻村雪子小姐点茶时问：

“用哪只茶碗呢？”

“哦，对了，就用那只织部瓷的吧。”

师傅说：“令尊就喜欢用这只茶碗，这还是他送我的呢。”可是，在令尊之前，那是已故家父的东西，是母亲转让给令尊的。雪子小姐用那只黑织部碗点了茶，您喝了下去。为此，我简直无法抬起脸来，这究竟是怎么回事呢？母亲当场说：

“让我也用那只碗喝一杯吧……”

难道母亲饮下了她命中注定的毒汁么？

没想到，来到父亲的小镇，竟会记起茶会上的事，历历如在眼前。倘如那只黑织部碗还在师傅手里，请您设法弄回来，把它处理掉，让谁都不知其下落。您就权当我这个人也不知下落吧。

转完父亲的小镇，我就该离开竹田镇了。之所以絮絮叨叨写一些小镇的事，是因为我想，以后不会再旧地重游了。因为，我想在父亲的故乡同您道别。虽然我不打算寄出这封信，倘使寄了出去，那则是我的最后一封信了。

冈城遗址上，除了石崖，什么都没有留下。但是，要塞的高地，景观极妙。秋高日丽之时，群山在望。祖母山、倾山，及其对面的九重、大船诸峰，仅有淡淡的白云几朵。来时走过的高原与山岭，尽在彼方。在高原的松阴下，在芒草的穗浪中，我一直思念着您，那时我以为，能够同您分手。此时此刻，向您道声珍重，也不胜依依，何况我还不得不从您眼前销声匿迹！对于女人来说，那是不容易办到的，请您谅解我。晚安。

信里劝您同雪子小姐结婚，这全凭您的意思。我和母亲，绝对碍不着您的自由和幸福。您千万别来找我。

旅行六天，尽写些无聊的事，女人家多啰嗦啊！虽然希望您能了解我这个即将离去的人，可是，语言是空泛无用的，女人似乎惟有依傍在身旁才行，而我希望您了解，正是要反其道而行之。我要在父亲的小镇开始新的征途。别了！

七

菊治在一年半前看文子的这封信，同他跟雪子蜜月旅行回来后重读，对文子信上的话语，在感受上已然大不相同。

但是，哪儿不同却说不上来。是因为语言是空泛无用的吗？

菊治走到新居的院子里，将文子的这叠信点着。院子里像样的东西，什么也没有。在一方狭小的空地上，只围了一道简陋的木板墙而已。

信很潮，不容易烧着。

他稀里哗啦一页页散开，不停地划火柴。墨水的颜色渐渐地变了，变成灰色之后，文字依旧留在信上。

“把语言也烧掉！”

菊治把信一张一张扔在火上。

文子的话，她的信，眼睁睁瞧着烧掉了又怎样呢？菊治躲着烟，转过身去。冬日的阳光斜斜地照在板墙的一角。

“蜜月旅行如何呀？”

突然廊下响起栗本千花子的声音，菊治吓一跳，不禁打了个寒战。

“怎么搞的？一声也不吭……”

“你不搭理人嘛。我正要说哪，新婚蜜月，小偷会盯上的。还没雇个女佣？暂时就你们小两口也好，雪子小姐她服侍得不错吧？”

“你在哪儿打听到的？”

“府上的地址么？这就叫神通广大，蛇也通灵。”

“真是一条蛇！”

菊治狠狠地说。

父亲去世后，千花子照旧不打招呼便到家里来，现在又出现在这个新家，菊治又感到嫌恶。

“不过，大冷天的，叫雪子小姐洗洗涮涮太难为她了，我来帮一把好不好？”

菊治没有理睬。

“在烧什么哪？是文子的信吗？”

没烧完的信菊治搁在腿上，因为蹲在地上，千花子不会看见的。

“要是烧了文子的信，也会暖和些吧，烧得好！”

“我已经破落到住进这种房子，以后无须劳您的大驾了。我先把话说明白。”

“我不会添麻烦的。给你跟雪子小姐搭桥的，本来就是我，我真不知有多高兴呢，这回我也放下这条心了。再说，我只不过想尽点力……”

菊治把剩下没烧的信揣进怀里，站了起来。

千花子站在廊子的一头，一见菊治的神情，退后一步说道：

“哟，干吗板着个脸呀？雪子小姐的行李大概还没收拾，我就想来帮个忙……”

“多管闲事！”

“这可不是管闲事，难道你就不明白我的心意，我是想尽点力的嘛！”

千花子当即颓然地坐在那里，左肩向上一耸，怯懦地喘着气。

“你太太回娘家了不是？我心里惦记着，怎么把太太留下，自己倒巴巴儿地先回来了。”

“你跑到雪子家去了？”

“我去道喜来着。要是有什么不好，我赔个不是。”

千花子窥探着菊治的脸色，菊治也压下了怒火，说：

“对了，那只黑织部还在你那里吧？”

“你父亲送的那只？在。”

“既然在你那里，就让给我吧。”

“好吧。”

千花子一副迷惑不解的眼神，半晌，虽然有些恼怒，却说：

“好吧。你父亲的东西，我这辈子都不会撒手的。既然是你菊治少爷想要，不管是今儿，是明儿，只要一句话……又想玩玩茶道了？”

“希望你今儿就拿来。”

“知道了。烧掉了文子的信，就用黑织部喝一杯吧。”

千花子耷拉着脑袋，两手像在拨拉什么东西似的走了出去。

菊治又走到院子里，手哆嗦着，划起了火柴。

新家庭

一

雪子的举止一向活泼娇憨，但菊治见她有时坐在钢琴前发愣。

在这个新居里，钢琴显然是个庞然大物。

这架钢琴是菊治新认识的一家制造商做出来的。菊治的父亲原先是乐器公司的股东，那家公司不用说，也曾一度改成兵工厂。战后，乐器公司的一个工程师想生产他设计的钢琴，由于父亲的关系，便常常来找菊治商量，于是，菊治把卖房子的钱也拿去投了资。

所以，菊治的新居里就有了一架这家小制造商的样品。雪子的钢琴留在娘家给她妹妹了。娘家不是不能给她妹妹另买一架，所以菊治对雪子说过两三回：

“要是嫌这架不好，就把原先那架要回来好了，不必顾虑我。”

菊治寻思，雪子坐在钢琴前发愣，是不是这架钢琴不中她的意？

“这架蛮好的。”雪子听了好像挺意外，便说，“我是不太懂，可是调琴师不是都夸这架琴么？”

其实，菊治也知道，不是钢琴的缘故。雪子对钢琴的热衷与擅长，还没达到那么挑剔的程度。

“因为我看你坐在钢琴前面发愣……”菊治说，“好像不喜欢这架琴似的。”

“那跟钢琴是两回事。”雪子老实地回答，正想接着说下去，忽然改了主意，说道，“你看见我发愣了么？什么时候？”

一进门的旁边，照例有间洋式的屋子，钢琴就摆在里面，所以，从起居室或是从二楼菊治的房间都看不见钢琴。

“原先在家里时，乱哄哄的，压根儿就没工夫发愣。能够发愣，太难得了。”

父母在堂，兄妹两全，来往的客人又多，菊治眼前浮现出雪子娘家那热闹的景象。

“可是，从前见到你，给我的印象却是很沉默寡言的。”

“是么？我可爱说话呢。只要母亲和妹妹在场，就没有住嘴的时候，三个人里准有一个人在说话。不过，也许三人里数我说得少。在客人面前，只要发现母亲话太多，我就闭上嘴，母亲那套社交辞令，你听了也会烦的。要是总待在母亲身边，说不定真能变成一个沉默寡言、冷淡乏味的姑娘。妹妹倒是跟母亲一唱一和的……”

“你母亲本来希望你嫁到一个更阔气的人家吧？”

“可不是么。”雪子老实承认说，“嫁到这儿来以后，说的话还赶不上在家时的十分之一呢。”

“因为白天就你一个人嘛。”

“即便你在家，我也没像着火似的说那么多话，是不是？”

“倒也是。可一出去散步，你话就多起来了。”

说着，菊治想起了夜里，两人在街上散步，雪子依偎在身旁，拉着自己的手，仿佛忘记这一向的寒冷，兴高采烈地说个不停。难道离开娘家，有种解放感么？

“现在，我一个人不出门，原先在家时，只要上街回来，就要把在外面遇到的事一一告诉母亲。然后，同样的事再给父亲说一遍。”

“你父亲他一定也很高兴。”

雪子凝目看着菊治，隔了一会儿点点头说：

“跟父亲一说，有时同样的事，母亲听两遍，总是偷偷地发笑。”

雪子离开父母的疼爱，嫁给了菊治，坐在这间简陋的起居室里，菊治觉得似乎有些不理解。

菊治发现，雪子睫毛之间有颗浅浅的小痣，是两人共同生活以后的事。

她那排美丽的牙齿，在菊治看来，莹然发亮，那也是两人住在一起后才发现的。每当接吻，菊治都为她牙齿的清纯所打动。

菊治拥抱着已习惯于接吻的雪子，有时会猝然流出眼泪来。仅止于接吻，菊治不能不感到，雪子楚楚可怜，是自己的无价之宝。

两人仅止于接吻，雪子似乎不像菊治那么懊恼，那么焦虑。对于婚姻，照理她不会那么无知，可是，仅仅是接吻和拥抱，雪子便好像觉得非常新奇和惊异，对他的爱抚感到十分满足，回应着菊治。

菊治自己也感到痛苦，有时他反复考虑，他们的新婚生活没什么不自然，也没什么不健康吧？

雪子从菜店买回的白萝卜和青菜这些白的绿的蔬菜，菊治看了也觉得新鲜水灵。这难道不就是幸福么？跟老女佣住在原来那个家的时候，压根儿没留心过厨房里的菜什么的。

“你一个人住在那么大的房子里，不冷清吗？”

刚搬来不久，雪子曾经这样问过。从这简短的问话里，菊治真心地感到，雪子对自己过去的关心与体贴。

清早醒来，看见雪子不在身旁，猛然间会生起一缕孤寂之情。早晨要准备早饭，雪子当然要起得早。菊治睁开眼睛若能看见雪子的睡姿，觉得周围确实洋溢着一份温馨，以至于想尽可能比雪子早一点醒。如果雪子没有睡在旁边的床上，一丝不安甚至会轻轻袭上心头。

一天傍晚，菊治回到家里便问：

“雪子，你用的是马查贝利王子牌香水么?”

“是啊，怎么啦?”

“因为钢琴的事，遇见一位女客这么说的。有的人鼻子真灵。”

“怎么会熏上味儿的呢?”

雪子接过衣服嗅了嗅，忽然想了起来，说道：

“是香水瓶放在衣柜里忘了拿出来了。”

二

二月底的一个星期天，连下三天的雨，傍晚前才停了下来，仍旧阴沉的天空，一抹淡淡的桃红，隐隐约约地弥漫开来。栗本千花子捧着黑织部茶碗来了。

“喏，我把茶碗，这个上好的纪念品带来了。”

千花子说着，从双层盒里取出碗，捧在手上打量着。然后，放到菊治的腿前。

“往后能派上用场了。上面的图案是蕨菜的嫩芽……”

菊治拿起茶碗看也没看，便说：

“人家都忘了，你倒拿来了，我叫你当天就拿来，你没拿来，还以为你不拿来了呢。”

“这是初春用的茶碗，冬天拿来也没用不是？再说，叫我脱手，总归有些心疼，要说是舍不得吧，又有些那个……”

雪子沏好了粗茶端过来。

“暧呀，夫人，这可不敢当！”千花子做作地说，“这一冬，夫人也没用个女佣么？真够您受的了。”

“因为暂时只想两个人过。”

雪子回答得很干脆，令菊治颇惊讶。

“我太冒失了。”千花子一个人点着头说，“夫人，这只织部碗，还记得吗？印象一定挺深吧？给你们道喜送礼，没有比这个更合适的了……”

雪子疑惑地望着菊治。

“请夫人也坐到火盆边上来吧。”

千花子说。

“嗳。”

雪子紧挨着菊治坐了下来，胳膊肘都能碰上。菊治无端地忍住笑，对千花子说：

“要你送，那不好意思，请你卖给我吧。”

“岂有此理！我再落魄，能把令尊送我的东西卖给菊治少爷吗？您想想看……”千花子郑重其事地说，“夫人，我也好久没见您点茶了。不过，在小姐当中，点茶能像夫人那么认真，气度那样高雅，再也找不出第二个来。在圆觉寺的茶会上，您拿这只织部碗，头一次给菊治少爷点茶的情景还历历如在眼前呀。”

雪子默不做声。

“这只茶碗，送还给菊治少爷，也是值得的。”

“可是，我们家什么点茶的用具都没有。”

雪子低着头回答说。

“哟，可别这样说……茶道只要有只茶刷，就能点茶嘛。”

“哦。”

“这只织部碗就请爱惜着用吧。”

“嗳。”

千花子又盯住菊治的面孔说：

“夫人说什么都没有，水罐总有的吧？那只志野瓷！”

“那是只花瓶！”

菊治慌忙地说。

太田夫人的纪念品，那只水罐，菊治终于留下没有卖掉，也搬到这个家里来了，一直放在壁橱里没动，仿佛忘记了似的。冷不防让千花子抖搂出来，菊治心里一哆嗦。

由此可知，千花子还在恨太田夫人。

雪子也到门口送千花子。

在门口，千花子仰起头看了看天说：

“东京的天，好像叫街上的灯整个儿给照亮了……越来越暖和了，真不赖。”

然后，耸起一只肩膀，一摇一摆地走了。

雪子兀自坐在门内：

“一口一个夫人、夫人的，好像成心似的，多讨厌。”

“是讨厌。大概不会再来了。”

菊治也在门口站了一会儿。

“不过，‘东京的天，好像叫街上的灯整个儿给照亮了’这句话倒说得不错。”

雪子下了地，打开门，望了一下天空，正要关门，一回身，见菊治也在望着天空，又迟疑了一下。

“关上门吧？”

“唔。”

“真是暖和起来了。”

回到起居室里，织部茶碗依然摆在外面没收起来。菊治等雪子把碗收好，提议上街溜达溜达。

他们走上住宅区的高地，路上没有行人，雪子主动拉起菊治的手。尽管雪子很呵护一双手，干活蛮当心的，可是，冬天的冷水毕竟伤手，手掌已有些发硬。

“那只茶碗不是送的，是向她买的吧？”

雪子忽然问道。

“啊，要卖掉的。”

“我说么，她是来卖的。”

“不是，是我要卖给茶具店，然后把卖的钱给她就行了。”

“咦，要卖掉？”

“那只碗在圆觉寺茶会上拿出来的时候，你不也听说了么？方才栗本还提到，是我父亲送给她的。在我父亲之前，是太田家的东西。所以，那是只有层层因缘的碗……”

“可我不在乎那些，只要是只好碗，留着也好嘛。”

“是一只好碗，那倒错不了。正因为是只好碗，为了这只碗，也该送到茶具店去，让我们不再知其下落则更好。”

菊治顺口说出“不知下落”这句文子信上的话。从栗本千花子手里把碗弄回来，当然也是按文子信上的意思办的。

“那只碗自有其辉煌的生命，应当让它离开我们，独立存在。所谓我们，当然不包括你在内……茶碗本身极其优美，不该叫那些不健康的妄执缠在上面。可是，伴随着茶碗的我们的那些个记忆却是糟糕的，让我们总是以一双邪恶的眼睛去看那只碗。我说的我们，顶多不过五六个人而已。自古以来，不知有过几百人，以纯正之心珍惜这只碗。这只碗制成至今约有四百年之久，从碗的寿命来看，在太田家里，在我父亲手上，以至在栗本那里的时间，实在是短暂的一瞬，如同浮光掠影。只要它能落到一个健康的人的手里就好。即便我们死去之后，那只织部碗倘若能留在谁的手里，犹自美观雅正，我想那就足够了。”

“是么？既然你那样想，不卖掉不更好么？我不会在意的。”

“不是舍不得卖掉，对茶碗我一向不看重。只打算借那只茶碗，洗清我们的污秽。再说，留在栗本手上，让人不放心。譬如说，像在圆觉寺那样的场合拿了出来。茶碗是不该牵扯进人的丑恶的因缘里去的。”

“听你这么说，好像茶碗比人还了不起似的。”

“没准儿是这么回事呢。我不懂茶碗，但几百年来，有眼光的人把它传了下来，到我手里总不该摔掉它。那就让这只碗不知所终吧。”

“依我看，把这只茶碗当作我们的纪念留下来，倒挺好的。”雪子声音清亮地说，“即使现在我不懂，等有朝一日能看懂这只碗，不是也很愉快么！……从前的事，才不在乎呢。如果卖掉了，过后想起来，岂不要后悔么？”

“那倒不会。这只茶碗是命中注定要离开我们，不知所终的。”

对这只茶碗，提到命中注定之类的话，使菊治不禁想起了文子，简直心如刀绞。

两人走了一个半小时才回家。

正要把火盆里的火移到暖笼去的时候，雪子猛然用两手握住菊治的手，似乎要菊治感知她左右手的温度不同似的。

“吃不吃栗本师傅送的点心？”

“不吃。”

“不吃？随点心还送了浓茶呢，说是从京都买来的……”

雪子毫不拘泥地说。

菊治起来把茶碗用包袱皮包上，搁进壁橱，看见里头那只志野水罐，心想，回头跟茶碗一起卖掉。

雪子擦掉脸上的冷霜，摘下头发卡子，准备睡觉。抖了抖头发，一面梳一面说道：

"我也把头发剪短吧，你说好吗？可是后脖子露了出来，怪难为情的。"

说着，捋起后面的头发。

也许口红不易擦掉，她把脸凑近镜子，微微张开嘴，用纱布擦一擦端详一回。

黑暗之中，彼此温暖着身子，菊治寻思：莫非要永远这样亵渎那神圣的憧憬么？他又沉沦于自己的内心世界了。然而，最纯洁的东西任凭什么都玷污不了，正因此，才能宽宥一切。难道就不会有这种事情吗？他只管给自己想出种种救赎的办法。

雪子睡着了。菊治抽出胳膊，一旦离开雪子的体温，便感到异常地孤寂。毕竟不该结婚！一股令人咬牙切齿的悔恨之情，正在旁边冰冷的床上等待着他。

三

一抹淡淡的桃红，隐隐约约地弥漫在傍晚的天空，已经连续两天了。

菊治从回家的电车上看见一幢新建的大楼，窗内的灯光一律发白，以为是什么呢，像是荧光灯。所有的房间统统亮着灯，似乎是表示新楼建成的喜悦。一轮快要圆满的月亮，斜挂在大楼上方。

快到家的时候，空中的那抹桃红不知是给吸到日落之处呢，抑或是沉落不见了，竟变成了一片晚霞。

到家的拐角处，菊治有些不大放心似的，伸手到上衣里面的口袋，摸摸支票在不在。

雪子走出邻居家的大门，小跑着进了自家的大门。菊治看见她的背影，雪子却没有发现菊治。

“雪子，雪子！”

雪子从门内走出来。

“你回来啦！方才你看见我了？”她红着脸说，“到隔壁去接我妹妹的电话……”

“唔？”

菊治没想到，是几时请邻居代转电话的。

“今天同昨天傍晚的天空一样哩。天比昨天晴，所以也更暖和。”

雪子仰起头望着天空。

换衣服时，菊治掏出支票，搁在酒柜上。

雪子一边低头收拾菊治脱下的衣服，一边说：

“妹妹来电话，说是昨天星期天，本来跟父亲两个要来……”

“来我们家么？”

“是啊。”

“尽管来好了……”

菊治若无其事地说。

雪子正在刷裤子，便停下手来。

“你说尽管来好了……”她驳斥似的说，“可头些日子我发了信，叫他们先别来。”

菊治有些讶异，险些反问为什么，却蓦地猜到了。由于两人还没有夫妇之实，雪子怕她父亲来。

然而，雪子随即仰起头，看着菊治说：

“父亲想来呢。真想叫他来一次。”

雪子的眼睛晶莹发亮，菊治回答说：

“不叫他们也可以来嘛。”

“因为是女儿的婆家……不过，也未必是因为这个。”

雪子爽朗地说。

是不是菊治比雪子更怕她父亲来呢？雪子没说之前，菊治压根儿没注意，结婚以后，还从未招待过雪子的父母和兄妹。可以说，他几乎把雪子娘家的亲人给忘到脑后了。同雪子异常的结合，占据了他的全部心思。或者说，因为还没有结合，除了雪子，菊治别的什么都顾不上去考虑。

也许使菊治无能为力的，只是对太田夫人和文子的忆念，宛似幻影中的蝴蝶，总是不离他的脑海。想象之中，在他脑海的黑暗深渊里，恍如看见蝴蝶在飞舞。那不是太田夫人的幽灵，仿佛是他悔恨的化身。

然而，雪子写信拦着父亲，希望别来，这事足以提醒菊治，让他知道雪子暗暗的悲哀与困惑。难道正像栗本千花子疑心的那样，雪子一个冬天没雇女佣，竟也是害怕他们夫妇间的秘密被女佣察觉么？

尽管这样，在菊治眼里，雪子大多时候都看着那么光艳照人，明快爽朗，他无法认为，那仅是为了体贴他故意装出来的。

“信是什么时候发的？叫你父亲别来的那封信……”

菊治问道。

“那个么，是正月里，已经过初七了吧？过年的时候，不是叫咱们一起回去的么？”

“那是年初三。”

“然后又隔了四五天。正月初二，父母他们招待客人挺忙，妹妹一个人来拜的年，对吧？”

“对，打发她来叫咱们第二天去横滨。”菊治一边想一边说，“可是，你写信不让他们来，可不大妥当呀。是不是请他们下个星期天来呢？”

“好吧，爸爸会高兴的，准是领着妹妹一起来。一个人来，可能有些不好意思……有妹妹在场，我也得力。真是奇怪。”

有她妹妹在，雪子会轻松一些吧。她的心思里，准是希望同菊治这种没有夫妇之实的婚姻内情，尽可能不叫她父亲知道。

雪子大概已经烧上洗澡水，一进了小小的浴室，便听到她察看水热不热的动静。

“先洗澡后吃饭吧？”

“行啊。”

泡在浴缸里，只听雪子隔着玻璃门说：

“酒柜上的支票是哪儿来的呀？”

“啊，那是卖掉织部茶碗的钱，要给栗本的。”

“一只茶碗有那样贵么？”

“咱们的水罐钱也在内。”

“咱们有多少？”

“有一半吧。”

“一半也是一笔大数目呀。”

“是啊，可以派点用场。”

织部茶碗的事雪子也知道，昨晚散步的时候已经说过了。可是关于志野水罐的一切因缘，却毫不知情。

雪子站在玻璃门外说道：

“别花掉，买股票好不好？”

“股票？”

菊治颇感意外。

“是这么回事……”雪子打开玻璃门，走进来说，“父亲给了我和妹妹一些钱，有支票上的金额的四分之一那么多吧，说是叫我们拿着增值，我们就存在一家经常来往的股票公司。买下可靠的股票，跌了就存着不动，等涨上去，卖了再换成别的股票，这样，钱就一点一点增加起来了。”

“哦。”

菊治仿佛看到了雪子娘家的家风。

“那时天天同妹妹一起看报纸上的股票版。”

“那股票你现在还有么？”

“有哇。交给股票公司管，我自己倒没看见过……跌了就不卖，反正不会吃亏。”

雪子说得很单纯。

“那么说这笔钱也存在你那家股票公司里？”

菊治笑嘻嘻地看着雪子。雪子系着白围裙，穿了一双红毛线袜。

“你也泡一泡，暖和暖和怎么样？”

雪子连眉梢眼角都红得俏丽动人。

“我还要做饭呢。”

说罢，轻盈地走了出去。

四

那一周的星期六，已经进入了三月。

父亲和妹妹说是第二天要来，晚饭后，雪子一个人上街去买东西，抱了一堆水果和鲜花回来。直到深夜还在收拾厨房。然后，坐到镜台前弄头发，摆弄了好半天。

“今天真想把头发剪短来着。那天你不是说剪了也好么？可转念一想，太叫父亲出其不意也不好……结果光做了做，我一点都不满意，瞧着挺别扭的。”

她一个人自言自语。

躺下去之后，雪子仍是辗转难眠。父亲和妹妹要来，就那样高兴吗？菊治不免有些嫉妒，同时也不能不感到，这是出于雪子心中的那份寂寞。于是，菊治温柔地将她抱了过来。

“手好凉呢。”

菊治把雪子的手放在自己的胸脯上，一只胳膊搂着她的脖子，另一只手从袖口伸进去，抚摸她的肩膀。

“说点儿什么话吧。”

雪子挪开嘴唇，脸动了一下。

“好痒。”

菊治拂开雪子的头发，给她在耳后理好。

“你要我说点什么，在伊豆山上说的话还记得么？”

“不记得了。”

但菊治却忘不了。那时，在黑暗中，他闭起颤抖的双目，想起文子，想起太田夫人，他拼命地挣扎，以为靠这些胡思乱想能获得力量，以迎接纯洁的雪子。明天，雪子的父亲就要来了，是不是以今夜为界限呢？菊治又去捉摸太田夫人那女人的热潮，却越发显出雪子的清纯无邪。

“雪子说点什么吧。”

“我没什么好说的呀。”

“明天见到你父亲，打算说些什么呢？”

“跟父亲说什么，到时候再说。父亲只是想来我们家看看的。看我们过得挺美满，就足够了。”

菊治躺着一动不动，雪子把脸靠在他胸脯上，也一动不动。

第二天上午，雪子的父亲和妹妹十点刚过便来了。雪子高高兴兴地张罗着，和妹妹两人不时地欢笑。午饭略早一些，刚要开始吃，栗本千花子来了。

“来客了是吧？我见见菊治少爷行么？”

听见她在门口同雪子说话的声音，菊治走了出去。

“把那只织部碗给卖掉了？成心要卖，才从我这儿要回去的，是吗？那么，把钱给我是什么意思？”千花子连珠炮似的问，“当时就想问来着，可一想，要不是星期天，菊治少爷不在家，我真是心急火燎一样。晚上来，当然也行，不过……”

千花子从手提袋里掏出菊治的信。

“把这个还你。钱还在里面没动，请点一点……”

“不不，这钱你得收下。”菊治说。

“我为什么要收这钱？难道说是赡养费吗？”

“别开玩笑了。现在，我岂有付你赡养费之理？”

“说得也是啊。就算是赡养费吧，把织部碗卖了钱给我，不是也挺荒唐么？”

“因为那是你的碗，卖的钱当然要给你。”

“碗可是送给你的。一来是菊治少爷要，二来也想给你们道喜，这是件顶好的纪念。对我来说，那可是你父亲留下的纪念品……”

“对我而言，我只能认为，那是用这笔钱请你卖给我的。”

“我可没法那么认为。我再落魄，能把令尊送我的东西卖给你菊治少爷么？上次我已经说得很清楚了，是不是？何况这碗不是卖给茶具店了么？如果菊治少爷非要我收下这钱，那我就再从茶具店把碗买回来。”

菊治心里嘀咕，奉上卖给茶具店之款云云，信上若不照实提上这笔就好了。

“嗳呀，请上来吧……是横滨我父亲和妹妹他们来了，不碍事的。”

雪子温和地说。

“是令尊……噢，是他们来啦？那赶巧了，就让我也见见他们吧。”

千花子两肩忽然松弛下来，独自点头说道。

川端康成
千羽鶴

图书在版编目（CIP）数据

千鹤 /（日）川端康成著；高慧勤译．—上海：上海译文出版社，2023.7
（川端康成作品系列）
ISBN 978-7-5327-9221-4

Ⅰ．①千…　Ⅱ．①川…②高…　Ⅲ．①长篇小说-日本-现代　Ⅳ．①I313.45

中国国家版本馆 CIP 数据核字（2023）第 110179 号

千鹤
千羽鶴

［日］川端康成　著
高慧勤　译

出版统筹　赵武平
责任编辑　董申琪
装帧设计　尚燕平

上海译文出版社有限公司出版、发行
网址：www.yiwen.com.cn
201101　上海市闵行区号景路 159 弄 B 座
山东韵杰文化科技有限公司印刷

开本 890×1240　1/32　印张 7.75　插页 5　字数 84,000
2023 年 8 月第 1 版　2023 年 8 月第 1 次印刷

ISBN 978-7-5327-9221-4/I·5740
定价：52.00 元